Alfred Kirchhoff

Die Idee der Pflanzenmetamorphose bei Wolff und bei Goethe

Antigonos

Alfred Kirchhoff

Die Idee der Pflanzenmetamorphose bei Wolff und bei Goethe

Unveränderter Nachdruck der Originalausgabe von 1867.

1. Auflage 2024 | ISBN: 978-3-38648-155-7

Antigonos Verlag ist ein Imprint der Outlook Verlagsgesellschaft mbH.

Verlag: Outlook Verlag GmbH, Zeilweg 44, 60439 Frankfurt, Deutschland
Vertretungsberechtigt: E. Roepke, Zeilweg 44, 60439 Frankfurt, Deutschland
Druck: Libri Plureos GmbH, Friedensallee 273, 22763 Hamburg, Deutschland

DEM ÜBERSETZER DER BHAGAVADGÎTÂ

ROBERT BOXBERGER

ZU ERFURT

IN TREUER FREUNDSCHAFT ZUGEEIGNET.

Alles, was ist, ist ein Product seines Werdens. Wenn der menschliche Geist das Wesen der Dinge in Wahrheit erklären will, so hat er mithin ihr Werden zu erforschen; und wenn seit dem vorigen Jahrhundert eine Wissenschaft nach der andern mit dem Verlangen einer Entwicklungsgeschichte ihres Gegenstandes hervorgetreten ist, so liegt hierin kein Merkmal, das unserer modernen Bildung dermaleinst als ein vergängliches, in der Geschichte der Geistesbildung nur periodisches zugeschrieben werden kann, noch weniger aber ein Charakter der einen oder der anderen Wissenschaft: vielmehr liegt in dem jetzt so allgemein gewordenen Rufe nach Erforschung der Entwicklungsgeschichte das Bewuſstsein ausgesprochen, daſs unser Geist nur am Ariadnefaden der Entwicklung aus dem Labyrinth der ewig sich wandelnden Erscheinungen zu den ewig bleibenden Gesetzen gelangen kann. Und mit diesem Bewuſstsein, das in den Einzelkreisen der modernen Wissenschaften erwachte und bereits so Groſses geleistet hat, in der allgemeinen Wissenschaft oder der Philosophie aber den bedeutsamsten Ausdruck fand, in diesem Bewuſstsein hat unsere Zeit ein Vermächtniſs gestiftet für alle Zeiten.

Wohin wir blicken mögen, überall bietet sich uns das Werden in überwältigender Mannigfaltigkeit dar — geistiges so gut wie körperliches. Aber so bunt auch des Lebens stets bewegter Reigen die Bilder der Entwicklung vorüberkreisen läſst: in ihren Grundzügen zeigen all' diese Bilder eine innige Verwandtschaft. Poesie und Sage haben längst das Zauberband zwischen geistiger und sinnlicher Welt geschlungen; und bezeichnend genug folgt unsere Sprache den Stufen jeder Entwicklung mit denselben bildlichen Deutungen; sie redet in kindlicher Befreundung mit dem schönen Reich der Blumen von einem Keim bei dem geheimniſsvollen Uranfange eines werdenden Dinges, von einem Wachsen, Blühen, sogar von einem Fruchten, wenn in der Vollendung des einen Seins der Urgrund zu einem andern still bereitet worden. So weist schon die Sprache sinnig auf die Pflanze hin, deren Wachsthum ein treuer Spiegel der natürlichen Entwicklung überhaupt sein muſs, wenn anders die Natur eine einige ist*). Oft in so kurzer Daseinsfreude zeigt die Pflanze schnell nach einander alle Phasen der Ent-

---

*) Historiker und Sprachforscher haben so gut wie Naturforscher bei jeder tiefer gehenden Untersuchung es mit dem Verfolgen einer Entwicklung zu thun. Wie gut thäten sie, wenn sie an der Pflanzenentwicklung das Wesen der Entwicklung überhaupt vorher studirten, ehe sie an ihre viel unsinnlicheren, daher viel schwierigeren Arbeiten gingen, wie je doch auch der Bildhauer erst in Wachs oder Thon modellirt, ehe er in Marmor arbeite:! Zur gerechten Würdigung dieser Ansicht stehe hier das Beispiel eines unserer Heroen auf dem Gebiete der Sprachwissenschaft, August Schleicher's, der in seinem offenen Brief an Häckel p. 6 sagt: „Ich wenigstens weiſs sehr wohl, was ich dem Studium von Werken, wie Schleiden's wissenschaftliche Botanik, Carl Vogt's physiologische Briefe u. s. f. für die Erfassung des Wesens und des Lebens der Sprache zu danken habe. Habe ich doch aus diesen Büchern zuerst erfahren, was Entwicklungsgeschichte ist."

wicklung; und während der thierische Organismus die Jugendgestalt in verborgener, aber unablässiger Wandelung zu einer ganz andern werden läfst, die vergleichende Rückblicke dem Auge des Beschauers unmöglich macht — erhält die Pflanze in der Regel treu das Gebilde der früheren Zeit, indem sie zu neuen und immer neuen Formen den anstrebenden Körper stufenweise erhebt. Aber eben durch diesen offenkundigen Zusammenhang des Neuen mit dem Alten, die Aehnlichkeit und doch wieder auch die Unähnlichkeit zwischen dem Erzeugten und dem Erzeugenden thut sich gerade hier das Räthsel alles Werdens auf: wie in der Vielzahl wechselnder Zustände die Einheit des sich Entwickelnden erhalten bleiben, wie es trotz all dem ruhelosen Wandel noch ein stetiges Sein geben könne?

In dem Versuch dies Räthsel zu lösen liegt der Reiz der Lehre von der Pflanzen-Metamorphose, deren Name schon, von den Meisten zuerst in Verbindung mit Göthe's Namen gehört, eine Art von Zauber auszuüben scheint. Wenigstens bleiben Laien gewöhnlich in ehrfurchtsvoller Ferne von dem vermeintlichen Mysterium dieser Lehre, nicht ahnend, wie einfach die Wahrheiten sind, mit denen im verflossenen Jahrhundert die festen Grundlagen zu derselben gelegt wurden. Unter Fachmännern aber selbst gehen über die Geschichte dieser Grundlegung, die doch den eigentlichen Beginn der wissenschaftlichen Pflanzenkunde bezeichnet, bisweilen so eigenthümliche Meinungen, fast möchte man sagen Gerüchte um, dafs es nicht nutzlos sein möchte, die Theoreme der beiden mit Recht Allen in der Geschichte jener Lehre vorangestellten Männer, Wolff's und Göthe's, eingehender zu untersuchen.

I. Wolff.

„Der geniale Wolff wurde leider von Botanikern kaum gelesen, gar nicht verstanden und bald vergessen" — dieser Ausspruch Schleiden's gilt wenigstens in seinem letzten Theile auch noch für die Gegenwart; und wenn Schleiden, dem auch seine Gegner in dieser Frage die Competenz nicht bestreiten werden, an diesen Ausspruch das Bedauern knüpft, dafs die Wissenschaft nicht von Wolff, sondern von Göthe den Gedanken der Metamorphose überkommen, wenn er hierin einen „grofsen Nachtheil" erkennt, so gewinnt die Betrachtung der Wolff'schen Theorie ein mehr als historisches Interesse. Der verdienstvolle Verfasser der „Kritik und Geschichte der Lehre von der Metamorphose der Pflanze", Albert Wigand, räumt auch selbst den Wolff'schen Untersuchungen nicht nur, wie sich von selbst versteht, eine grofse Bedeutung für die Entwicklung jener Idee ein, sondern versichert zugleich, dafs „ihre Bedeutung für Pflanzenphysiologie unserer Zeit noch immer nicht genug zu empfehlen" sei; bei alle dem unternimmt er es aber nicht „auf den ganzen Umfang seiner Untersuchungen einzugehen". Auch wir lassen natürlich seine Verdienste um die Thier-Physiologie hier völlig unberührt; denn obgleich sie mit denen, die er sich um die Pflanzen-Physiologie erworben, auf gleichem Boden erwachsen und gröfstentheils mit ihnen gemeinschaftlich in seinem Hauptwerk niedergelegt sind, haben sie längst die verdiente Anerkennung im vollen Mafse erfahren. Unserem Gegenstande zugewandt, gilt es hier nur die botanische Seite seiner physiologischen Forschungen genauerer Prüfung zu unterziehen.

Biographisches.

Merkwürdig! Ein Mann, der nach zwei Jahrtausenden die Ideen des Aristoteles, das Mittelalter hindurch nur wenig verstanden nachgebetet, seit Beginn des 17. Jahrhunderts durch eine fast unbegreifliche Theorie ganz überwuchert, wieder aufnimmt und mit so fruchtbarem Geiste im Sinne moderner Wissenschaft fördert, ein Mann, der in seiner epochemachenden Bedeutung längst, nur eben nicht von botanischer Seite, gewürdigt ist — hat noch keinen Biographen gefunden. Freilich mochte die Kärglichkeit der Quellen abschrecken, so dafs nur Göthe es war, der seinem Werke „Zur Morphologie" (I. p. 80 bis 82)*) eine kurze Skizze der äufseren Lebensschicksale Wolff's einfügte. Bei dem Interesse und der durch die Quellen gebotenen Kürze einer Biographie des merkwürdigen Mannes mag es gestattet

---

*) Ich bemerke gleich hier, dafs ich dieses Werk stets nach der Originalausgabe (Stuttgart und Tübingen 1817) citiren werde.

sein, an diesem Orte das Wenige, was sich nicht sowohl für als an Stelle einer eingehenderen Biographie ermitteln liefs, zusammenzustellen. *)

Caspar Friedrich Wolff wurde 1733 zu Berlin geboren. Der bewufstvollere Theil seiner Jugend fiel also in die erste Regierungszeit Friedrich's des Grofsen, in die Zeit des jugendlich entschlossenen Bruches mit Ideen, die durch nichts als ihr Alter geheiligt waren, des jugendlich kräftigen Vordringens auf neuen Bahnen — und der junge Caspar Friedrich wuchs rüstig in diese so zauberisch verjüngte Welt hinein, um ein rechter Sohn des Zeitalters Friedrich's des Grofsen zu werden. Seine Studienjahre verflossen theilweise unter den verhängnifsvollen Fluctuationen des siebenjährigen Krieges, aber er liefs seine fleifsigen Studien auf dem Gebiete der Naturwissenschaften und der Medicin nicht vom Geräusch der Waffen stören, bis er, vom Jünger zum Meister in der Stille erwachsen, im Breslauer Lazareth seine Dienste dem Staate widmen, wenigstens mittelbaren Antheil nehmen konnte an der humanen Seite der Kriegführung: an der Pflege der Verwundeten.

Seine Vaterstadt Berlin hat ihm aufser der allgemeinen Schulbildung auch einen sehr wesentlichen Theil seiner fachmäfsigen Ausbildung gewährt. Hier hatte nämlich Friedrich Wilhelm I., dem wir auch die Gründung des Charité-Krankenhauses zu verdanken haben, gleich in den ersten Monaten seiner Regierung zunächst zur Ausbildung von Militairchirurgen das „anatomische Theater" gegründet und in einer sehr charakteristischen Cabinetsordre vom 15. Mai 1717 der Akademie der Wissenschaften, die so gar keinen sichtbaren Nutzen für seine „blauen Kinder" zeigen wollte, es zur *conditio sine qua non* seiner Gnade, d. h. zur Bedingung ihrer Weiterexistenz gemacht, „die dazu nöthigen Kosten aus Ihrem *fundo* herzuschiefsen" **). Seit 1719 war das *Theatrum anatomicum* die Stätte regelmäfsiger Demonstrationen, Vorträge und Uebungen geworden, ja seit 1724 hatte es sich zu einer Art medicinischer Akademie unter dem Namen des *Collegium medico-chirurgicum* erweitert „*in exercitus populique salutem, civium hospitumque commodum*", wie die Inschrift über dem Eingange zum anatomischen Theater in keineswegs zu überschwenglicher Weise meldete. Denn da jeder, der sich in preufsischen Landen als praktischer Arzt niederlassen wollte, vor seiner dem *Obercollegium medicum* abzulegenden Prüfung, einen Cursus „auf dem *theatro anatomico*" in Berlin absolvirt haben mufste***), so füllten sich sofort die Auditorien mit Einheimischen; und da tüchtige Lehrkräfte herangezogen wurden, und nicht nur die Leichname der Entleibten, sondern auch aller in der Charité und den öffentlichen Armen- und Waisenhäusern Verstorbenen auf Grund einer Königlichen Verordnung auf die Anatomiekammer geliefert werden mufsten, so gingen auch von Fremden die Gesuche um Immatriculirung beim Decan des Collegiums

---

*) Das Folgende ist, soweit es nicht Combinationen anderweit bekannter Verhältnisse enthält, geschöpft:

1) aus Wolff's eigenen Werken, besonders der Vorrede zur Deutschen Bearbeitung seiner „Theorie von der Generation" (Berlin 1764) und seiner zu Petersburg 1789 erschienenen Abhandlung „Von der eigenthümlichen und wesentlichen Kraft";

2) aus dem Nachruf, den ihm die Petersburger Akademie widmete (cf. *Nova acta acad. Petropol.* Tom. XII, pag. 3 ff.);

3) aus Acten und Druckschriften des früheren *Collegium medico-chirurgicum*, soweit sie im Königl. Ministerium der geistlichen, Unterrichts- und Medicinalangelegenheiten aufbewahrt werden. Von ihnen dienten mir namentlich:

    a) *Reglement* wie es bey dem *Collegio medico-chirurgico* mit denen auf dem *Theatro Anatomico* angeordneten *Praelectionibus* zu halten. Berlin 1724. fol.

    b) Die ausführlichen Lectionskataloge, die seit 1755 für jedes Jahr (vordem für zwei Jahre zusammen) in Folio gedruckt wurden und dem unter *a* erwähnten Reglement beigelegt sind, in vollständiger bis 1806 reichender Reihe.

    c) Anstellungspatente, Conferenzprotokolle und ähnliche Actenstücke des genannten Collegiums, besonders wichtig Sect. III, Vol. I, No. 38 (*Acta die von Extraordinarien nachgesuchte Erlaubnifs Collegia zu lesen betreffend*), wo wenige Blätter die Hauptentscheidung gaben, nämlich ein Schreiben des Dr. Cothenius (d. d. Torgau, 17. Mai 1762) und die darauf erfolgte Antwort des Collegiums vom 28. Mai 1762 nebst den hierzu eingeholten Gutachten der einzelnen Professoren.

Leider sind diese Acten nicht ohne bedeutende Lücken, was besonders bei der in den letztgenannten Actenstücken enthaltenen Angelegenheit sich durch Fehlen jedes weiteren Schriftwechsels in einer Sache zeigt, die gewifs auch noch nach dem 28. Mai manchen Stofsseufzer der Professoren in mehr oder weniger amtlicher Form in die Actenfolios des Collegiums gebracht hat.

Das Geheime Staats- und Cabinetsarchiv hierselbst enthält nach gütigst angestellten Recherchen des Herrn Geheimerath Friedländer nichts über Wolff.

**) Zum ersten Mal gedruckt in: Preufs, das Königl. preufs. Friedrich-Wilhelms-Institut. 1819. Beilage A.

***) Nicolai. Berlin und Potsdam (1769). p. 241. Nach der Medicinalordnung von 1725 (p. 20 u. 49) durften nur im Heere gediente Wundärzte im Civil angestellt werden.

immer zahlreicher ein, sei es, um sich auf das eigentliche Universitäts-Studium vorzubereiten, sei es, um einen nachträglichen Repetitionscursus durchzumachen.

Wolff erinnerte sich noch in seinen alten Tagen gern daran, wie er, kaum 20 Jahre alt, unter Leitung des Professors der Anatomie am genannten Collegium, Joh. Fr. Meckel's, seine ersten Präparir-übungen an einem hydropischen Körper gemacht. „Es waren die Muskeln am Fuße, die ich präpariren solte, und wenn ich nicht irre, mein erstes Cadaver" *). Gewiß ist er mit angestrengtestem Fleiße den so zweckmäßig auf die Jahreszeiten vertheilten Uebungen im Collegium gefolgt und hat, obgleich die Studien auf einen zwölfmonatlichen Cursus (von October bis wieder October) eingerichtet waren, wohl mehr als ein Jahr Tag für Tag den Weg nach dem stolzen Gebäude unter den Linden gemacht, in dessen so mannigfach benutzten Räumen auch das medicinische Collegium seine Stätte gefunden hatte. Dieses Gebäude **), dessen vorderste Abtheilung die jetzige „Akademie", war unter dem ersten König von Nehring ganz neu erbaut und bei der auf den Brand von 1743 folgenden Restauration des Vordergebäudes mit einer Menge von Statuen auf den Risalits verziert worden. Obgleich Friedrich's I. kostbare Pferde und Maulthiere längst nach dem „alten Marstall" gebracht waren, hieß das Gebäude doch noch Königlicher Marstall, wie denn auch jetzt wieder ein Theil davon als „Marstall No. 2" prächtige Reihen königlicher Pferde beherbergt. Es war mit neuen Pavillons und zwei Innenhöfen ins Gevierte gebaut und dehnte sich, ringsum freistehend, in die Breite, indem es nicht einmal in allen Theilen bis zu einem oberen Stockwerk emporstieg. Besonders die vorderen Räumlichkeiten hatte die Akademie der Wissenschaften und die der Künste bereits inne, in einer Seitenfaçade befand sich die Vigne'sche Tapeten-manufactur, auf der Seite nach der Charlottenstraße waren die Gensd'armes-Ställe (jetzt Kaserne für die Garde du corps) und in Mitten der Hinterfront erhebt sich noch jetzt altersgrau nach der Dorotheen-straße hin die alte Sternwarte als kurzer viereckiger Thurmbau. Eben an diese Sternwarte stießen, das obere Stock der Hinterfront einnehmend, die Sectionsstuben, und im nordwestlichen Eckpavillon, also an der Ecke der Charlotten- und Dorotheenstraße, befand sich der eigentliche Mittelpunkt des medicinischen Collegiums: das anatomische Theater. Schon der Zugang zu diesem Hörsaal der Studirenden war im Stile einer dem Mars vorzüglich geweihten Anatomie ausstaffirt: im Gange standen die beiden grünen Schränke, durch deren Glasfenster die noch jetzt im hiesigen anatomischen Museum aufbewahrten Gerippe der beiden größten Soldaten aus Friedrich Wilhelm's großem Grenadierregimente von $6\frac{1}{2}$ und 7 Fuß Höhe den angehenden Feldscheer angrinsten, den aber dann im Hörsaal selbst neben vielerlei Raritäten in Schränken und Kasten die möglichst heiter ausgerüsteten acht Kindergerippe empfingen, mit der gewiß schwierigen Aufgabe betraut, paarweise die vier Jahreszeiten darzustellen ***).

Die Zahl der täglichen Collegia und Practica war keine geringe, und Wolff mochte hinter den Fenstern, die nach dem noch erhaltenen alten Gebäude des „Hühnerhofs" Friedrich's I. an der Dorotheenstraße gingen, manche Stunde schwitzen. Wenn dann die Sommerzeit die halbjährige Pause in den anatomischen Uebungen auf den Secirkammern eintreten ließ, so verlangte der neben Ludolff neu angestellte botanische Professor Gleditsch pünktliches Erscheinen auf dem Sammelplatz, um in frühster Stunde, während des Juni und Juli schon um 4 Uhr des Morgens, jeden Mittwoch nicht nur die Pflanzenschätze im botanischen Garten der Akademie und im Thiergarten zu durchmustern, sondern auch die Spreewiesen, die Jungfern- oder Hasenhaide nach grünen und bunten Floragaben zu durch-forschen. Aber aus gutem Grund war die frühe Tagesstunde gewählt, damit, wie Gleditsch selbst sagt, „ein jeder mit seinen frisch gesammelten Pflantzen noch vor einfallender Hitze des Vormittags wieder zu Hause seyn kann".

---

*) Wolff. Von der eigenthümlichen und wesentlichen Kraft. p. 20. Da er p. 28 von Untersuchungen des ver-gangenen Winters spricht, so fällt die Abhandlung frühestens in das Frühjahr 1789. Hierauf basirt die obige und eine der folgenden Zeitbestimmungen.

**) Küster. Altes und Neues Berlin (1756). Abth. 3. pp. 165, 166, 174, 175. Nicolai. Berlin und Potsdam, pp. 109, 329, 330.

***) Schaarschmidt. Verzeichniß der Merkwürdigkeiten, welche bei dem Anatomischen Theater zu Berlin befind-lich sind. Berlin 1750.

Sicherlich mit guten Vorkenntnissen somit ausgerüstet, bezog Wolff, wohl noch vor Ausbruch des siebenjährigen Krieges, die Universität Halle, wo er auch ein *Theatrum anatomicum**) mit guten Cadaver-Lieferungen (nach einer der oben erwähnten ganz analogen königlichen Verordnung) fand und sich mit jenen fachwissenschaftlichen und philosophischen Studien (letztere natürlich streng nach hausbacken Wolf'scher Schulform der Leibnitzischen Lehren) beschäftigte, die in seiner so berühmt gewordenen Inauguraldissertation über die *Theoria Generationis* zu Tage liegen. Der 28. November 1759 war der Tag seiner Promotion, und niemals hat ein 26jähriger Forscher durch seine erste Schrift eine so epochemachende That vollzogen wie Wolff durch seine Doctordissertation. Eben stand sein König im heißesten Kampf um die Bedingungen der Existenz eines preußischen Staates, eben schleuderte von Berlin aus Lessing mit seinen wenigen Gesinnungsgenossen durch die Literaturbriefe die Brandfackel in den Plunderhaufen elender Erzeugnisse eingebildeter Dichterlinge und mattherziger Literaturhelden, auf daß der Asche die unvergleichlichen Schöpfungen unserer neuen Literaturblüthe entstiegen, — da nahm der junge Physiolog von Berlin den Kampf auf mit einer Theorie, die seit anderthalb Jahrhunderten ein immer allgemeineres Ansehen, seit Jahren in dem geistvollen Schweizer Albrecht von Haller einen glänzenden Vertheidiger gefunden hatte: mit der Theorie von der Evolution. Diese Lehre, von Swammerdam, Malpighi, Leeuwenhoek, Réaumur, Leibnitz, Bonnet vertreten, hatte soeben in Haller ihren consequentesten Ausdruck durch den ungeheuren Satz erhalten: es gibt keine Erzeugung, keine Neubildung in der Natur (*nil noviter generari*). Die Bildung einer Pflanze oder eines Thieres ist nach dieser mit vielem Scharfsinn verfochtenen Lehre eine bloße Evolution, d. h. eine Entwickelung im grammatischen Sinne des Worts, das Wachsen ist ein allmähliches Entfalten der schon im Embryo völlig ausgebildeten Organe: es gibt nichts Neues und wird nie etwas Neues auf der Welt geben, alles Werden ist nur Schein; was jetzt ist, war ewig, dem sichtbaren Sein ging nur ein unsichtbares Sein voran. Diese trübe Anschauung der Welt setzte natürlich auch an Stelle eines fortdauernden Werdens der Gesammtwelt der Organismen einen einmaligen übersinnlichen Schöpfungsact, der in dem ersten Apfelkern schon alle Apfelbäume der nachgefolgten Millionen von Generationen geschaffen hatte, der uns, wenn wir thöricht uns der reizenden Jugendfrische der Kinder des Lenzes freuen, nur mit verkleideten Greisengestalten der Urzeit nasführt. Freilich hatte auch in unseren Tagen vor Darwin die allgemeingültige Anschauung der Weltbildung einen nicht viel besseren Sinn: auch sie kannte nur ein übersinnliches Werden der ersten Geschöpfe, innerhalb der Wissenschaft also gerade wie die Evolutionstheorie nur ein Sein derselben und ihrer Nachkommen, das nach millionenhafter unveränderter Wiederholung nicht durch den Stufengang des Werdens zu einem anderen Sein, sondern in unvorbereiteter Plötzlichkeit nur zum Nichtsein, zum Tode führt. Die Natur war also das in Aeonen, was die chinesische Geschichte in ihren Dynastieperioden ist, auch versehen mit den nöthigen Thronrevolutionen. Caspar Friedrich Wolff erkannte jedoch durch unbefangene Forschung über die Generation, d. h. über die Entstehung des Einzelorganismus, mit scharfem Blick den Krebsschaden der ganzen Evolutionstheorie: das ewige Sprechen von Dingen, die wohl vorhanden seien, die man aber wegen ihrer Kleinheit nicht sehen könne; und zugleich mit dem gemütlichen Ueberdruß gegen eine Theorie, die ihm, wie er es einmal so schön ausdrückt, die erquickende Freude am Neuwerden in der Natur verderben, die lustigen, farbenreichen Verjüngungen mit der grauen Theorie vom ewigen Sein umfloren wolle, legt er die Lanze muthig ein zum Turnierritt seines Lebens, daß bereits im ersten Waffengang der Gegner für jeden Unparteiischen auf den Tod verwundet wird. Er wurde schon in seiner darum unvergeßlichen Dissertation der Wiederbeleber der aristotelischen Lehre vom wirklichen Werden, vom Entstehen eines Neuen aus einem Aelteren, kurz von der „Entwickelung" in dem für unsere ganze jetzige Bildung allein noch existirenden Begriffe. Man nennt ihn mit Recht den modernen Begründer der Epigenesis, da nur im Sinne seiner (und der aristotelischen) Generationslehre von Epigonen oder Nacherzeugten die Rede sein kann: von Nachkommen, die noch nicht in ihren Voreltern, von Blättern und Blüthen, die noch nicht im Keime waren.

---

*) Vom Prof. Coschwitz im ehemaligen Fürstlichen Comödienhause auf dem Paradeplatze angelegt. Vergl. Dreyhaupt, Saal-Creys II, p. 39.

Haller war edel genug, in dem völlig objectiv gehaltenen Streite keinerlei persönliche Verletzung zu finden; er ehrte vielmehr den wackeren Forscher durch Eingehen eines wissenschaftlichen Briefwechsels mit ihm und durch eine sehr anerkennende Recension in den Göttinger Gelehrten Anzeigen (1760, 143. Stück), auf deren erster Zeile er es gestand, seit langer Zeit kein so wichtiges Werk gelesen zu haben.

Die Kriegsfurie pflegt auch theoretische Capacitäten zu praktischer Bethätigung ihrer Talente zu rufen: in den letzten Jahren des siebenjährigen Krieges finden wir Lessing, den Literaturkritiker, zu Breslau an der Seite Tauenzien's die Feder für militärische Actenstücke führen und ebenda den kühnen Kritiker auf dem Gebiete der Physiologie. Im Auftrage des königlichen Leibarztes Cothenius*), der, das volle Vertrauen Friedrich's II. geniefsend, als Leiter des gesammten Militär-Medicinalwesens einen wohl verborgeneren, aber darum nicht unbedeutenderen Antheil an den Lorbeeren des siebenjährigen Krieges hat als mancher grofse General, hielt der junge Wolff Lehrvorträge über seine Wissenschaft im Breslauer Lazareth; ob er sich auch an der Pflege der Verwundeten betheiligte, wissen wir nicht**), jedoch scheint es nicht von seiner amtlichen Stellung gefordert worden zu sein.

Was ihn von Breslau wegtrieb, ist uns unbekannt. Nur so viel wissen wir, dafs es nicht die Unzufriedenheit seines hohen Gönners Cothenius war, dessen „bei vielen Gelegenheiten bezeigtes gütiges Wohlwollen“ Wolff stets dankbar anerkannte; den schönsten Beweis von Cothenius' Werthschätzung seiner Leistungen sollte er vielmehr eben jetzt erfahren. Er hatte sich nämlich umsonst bemüht in der grofsen Kaiserstadt des Nordens, in Petersburg, oder in der kleinen schauenburg'schen Universitätsstadt Rinteln eine Anstellung zu erhalten und sich daher am 17. April 1762 an Cothenius gewendet mit der Bitte, ihm die Erlaubnifs auszuwirken, in Berlin öffentlich über Physiologie lesen zu dürfen. Collegia über Wissenschaften, die ins medicinische Fach einschlugen, galten aber in Berlin als Zunftprivileg der damals 7***) Professoren des *Collegium medico-chirurgicum*. Und im Festhalten der Zunftgerechtsame war das wirklich eine böse Sieben. Zuerst 1747 findet sich eine Klage des Collegiums an den Kriegsminister Viereck über die „strafbare Kühnheit“ des Dr. Rammelsberg, der nur „ordinäre Kenntnisse *in anatomicis*“ habe und jetzt dem Könige ein Gesuch eingereicht hätte, als Extraordinarius medicinische Vorlesungen halten zu dürfen; andere solche Nichtzünftige läsen bereits zum Schaden des Collegiums in ihren Wohnungen privatim. Völlig gegen den Wunsch der Directoren des Collegiums selbst hatte Gleditsch 1754 den Dr. Löseke zu verdrängen gesucht, obgleich Cothenius, schon damals zweiter Director des Collegiums, bei Löseke hospitirt und ihm seinen Beifall bewiesen, Löseke auch bereits ins achte Jahr, nur für die Zunftprofessoren eben unter zu grofsem Zulauf der Studirenden, (gegenwärtig 5) Collegia las. Einen besonders erbitterten Schriftenwechsel hatte jedoch erst kürzlich das schliefslich als „stürmisch und unbillig“ abgewiesene Gesuch des Dr. Henckel verursacht, dahin gehend, dafs ihm gestattet werde, auf dem *Theatrum anatomicum* selbst Operationen und Demonstrationen zu halten und an der Benutzung der Cadaver Antheil zu nehmen. Die unter den Studirenden bei deren Parteinahme für Henckel damals entstandenen Unruhen drohten jetzt wiederzukehren, als 1762 am 20. Mai Abends dem Decan Brandes das Schreiben mit dem schwarzglänzenden Rundsiegel und der eigenhändigen Unterschrift des königlichen General-Feldstabsmedicus Cothenius d. d. Torgan den 17. Mai einging, des Inhalts: das Collegium möge sich gutachtlich über die Genehmigung des Gesuchs des Herrn Dr. Caspar Friedrich Wolff äufsern, der ihn um die Erlaubnifs gebeten, ein *Collegium*

---

*) Ein Mann von geistreich freundlichen Gesichtszügen, liebevollem blauen Ange — so zeigt ihn uns in rother Galla-Uniform mit verdientem Ordenschmuck das schöne Oelgemälde im Versammlungszimmer der Stabsärzte des hiesigen Friedrich-Wilhelmsinstitutes.

**) Göthe behauptet (Zur Morphologie I, p. 80), Wolff habe in Breslau practicirt. Da indessen Göthe nur unsere Quellen sub 1 und 2 (noch dazu mit Ausnahme der Abhandlung von 1789) kannte, so liegt hier jedenfalls nur eine unstatthafte Folgerung aus einer Stelle in Wolff's Vorrede zur deutschen „Theorie von der Generation“ vor, wo eben allein vom „Collegien lesen“ die Rede ist.

***) So constant, wie man gewöhnlich meint, war die Zahl der Professoren gar nicht. Preufs (Das Fr.-W.'s-Institut p. 15) sagt: „Erst 7, dann 9 Professoren hielten öffentliche Vorlesungen.“ Aber die Zahl 9 zieht sich, auf die frühere 7 folgend, zwar durch die Jahre 1754 — 1756, wechselt aber 1756 — 59 mit 8, sinkt 1759 — 62 wieder auf 7, worauf sie sich wiederum hebt. 1806 lasen 19 Professoren.

physiologicum öffentlich lesen zu dürfen. Der Decan läfst Cothenius' Anfrage alsbald bei den Zunft-genossen circuliren, er selbst tröstet sich und die Collegen damit: es solle vermuthlich heifsen „*privatim* zu lesen". Professor Muzel schreibt zuerst sein Urtheil mit den Worten nieder: „es dünkt mir dafs dieses Gesuch des Herrn Dr. Wolff Sehr überflüssig um so mehr da die jungen leute welche über eine *materie* bei verschiedene *docentes* hören, Sehr leichte *confundiret* werden;" *collegia publica* könnten ja ausschliefslich im Collegium gehalten werden. Johann Theodor Sprögel, der seit 1753 als „zweiter Professor der Anatomie" fungirte und eben kraft dieser Stellung sein Sommercolleg über Physiologie begonnen hatte, findet das Gesuch sich und dem Collegio „nicht anders als nach-theilig"; dabei begeht er die charakteristische Inconsequenz, die Absicht Wolff's öffentlich Phy-siologie zu lesen für statutenwidrig, Therapie aber etwa öffentlich von irgend einem Docenten gelesen zu sehen für wünschenswerth zu erklären, da diese Disciplin damals von keinem der Professoren gelesen wurde. Der tüchtige Botaniker Gleditsch (der Linné gegen Siegeshek's vermeintliche Widerlegung der vegetabilischen Sexualität, die diesem z. B. auch deswegen verwerflich vorkam, weil sie „die Unsittlichkeit der Befruchtung" den Pflanzen imputire, vertheidigt hatte und soeben die Gedanken sam-melte für sein eigenes originelles Pflanzensystem nach Stellung der Staubblätter, das in manchen Ideen an Decandolle erinnert) war der Einzige, der Wolff wenigstens die Anerkennung widerfahren liefs, dafs er „ein geschickter junger Mann" sei, opponirte aber trotzdem gegen die Petition wie alle Collegen.

So wurde denn am 28. Mai 1762 eine Gesamtablehnung auf Grund der Einzelgutachten abge-fafst, ganz im Sinne von Gleditsch's Ausruf: „Wo blieben denn Privilegia und Prärogativen der Professoren!" Natürlich wurde das günstige Thema von der Unerfahrenheit des 29jährigen Doctors, von dem jugendlichen Uebermuth, der darin läge, gleich den Professor spielen zu wollen, redlich benutzt, um die Besorgnifs zu verhüllen, dafs man die Concurrenz mit dem stürmischen Anstörer der grofsen Revolution gegen die Evolution nicht aushalten werde. Wolff's alter Lehrer Meckel war schwach genug, unter den Entwurf die Worte zu setzen: „Es ist dieser Aufsatz sehr schön und habe ich nichts zu erinnern noch zuzusetzen".

Anfang Juni erhielt Cothenius diesen Absagebrief in Breslau und — gab dem bewährt gefundenen Lazareth-Docenten die Erlaubnifs „Physiologie und andere Collegia" in Berlin zu lesen *). Wir können uns die Freude Wolff's wohl denken, die er beim Beginn seiner Vorlesungen in der lieben Vaterstadt empfand. Wie mochte gerade durch das Bewufstsein „den Kampf ums Dasein zu kämpfen" — wie Darwin den Kaufmannsbegriff der Concurrenz so poetisch getauft hat — wie mochte gerade hierdurch der Eifer seiner Vorträge, der Ernst seiner immer fortgesetzten Studien wachsen. In Breslau hatte er soeben genauere Untersuchungen über das thierische Zellgewebe begonnen; jetzt in Berlin hatte er Veranlassung, sein ganzes System der Generation immer von Neuem und zum Zwecke immer besserer Verdeutlichung im Unterricht zu durchdenken. Er sucht ein früheres Manuscript hervor, worin er guten Freunden den Inhalt seiner Dissertation in übersichtlicher Weise deutsch dargestellt hatte, das überarbeitet er jetzt und giebt es für seine Zuhörer in Druck. So entstand das interessante Büchlein „Theorie von der Generation, in zwo Abhandlungen erklärt und bewiesen", das 1764 in Klein-Octav bei Friedrich Wilhelm Birnstiel **) an der Schinkenbrücke gedruckt wurde. Diese Schrift von Lessing'scher Klarheit und Schärfe enthält sowohl eine mit Sarcasmus gewürzte Kritik der früheren Versuche organische Bildung zu erklären, als auch eine kurze Uebersicht der eigenen Theorie von der Epigenesis (die ausdrücklich die aristotelische als ihre Vorgängerin im Alterthum anerkennt); dabei ist der Stil leicht, ganz frei von der Einschnürung in die spanischen Stiefeln der schulmäfsigen Paragraphen-

---

*) Cothenius sah gerade zu jener Zeit ein, wie unheilvoll das Treiben unwissenschaftlicher Militairchirurgen in dem mörderischen Kriege war, wie sie es oft ohne alle Kenntnisse in der Anatomie auf den glücklichen Handgriff ankommen liefsen, der natürlich gewöhnlich ein unglücklicher wurde. Er setzte daher d. d. Breslau den 24. Sept. 1762 fest, dafs die, welche beim *Colleg. med.-chir.* zu Berlin zum chirurgischen Operationscurse zugelassen sein wollten, sich in Osteologie, Myologie und Splanchnologie" auszuweisen hätten, eine Verordnung, die dann d. d. Potsdam erneuert und so den Lectionskatalogen alljährlich am Schlufs beigedruckt wurde.

**) Diese Berliner Druckerfamilie Birnstiel war vermuthlich ein Zweig der alten Erfurter Druckerfamilie gleichen Namens. Noch 1607 gab es in Erfurt einen „Buchdrucker und Buchführer (= Buchhändler) Birnstiel."

darstellung, die in der Dissertation herrscht, ja es ist eine in wirklicher Anrede des Lesers sich ergebende geistreiche Conversation, die sich die Berolinismen auch nichts kümmern läfst*).

Die Spener'sche nnd Vossische Zeitung, die so manches elende Product des damaligen Büchermarktes besprachen, haben für diese so liebenswürdige als bedeutende Schrift kein Wort gehabt, so dafs wir auch auf diese Gelegenheit verzichten müssen, etwas Näheres über Wolff's Lehrerwirksamkeit in Berlin zu erfahren. Fest steht nur das Eine: das chirurgisch-medicinische Collegium hat ihn in echtem Zunftsinne dauernd mit Verachtung gestraft. In demselben Jahr, in welchem Wolff seine Generationslehre deutsch bearbeitet für seine Schüler veröffentlichte, wurden zwei Stellen am Collegium besetzt, für die er der natürliche Candidat gewesen wäre: aber die des „zweiten Anatomen" erhielt mit 240 Thaler Walther, die für Physiologie sogar speciell begründete gab man mit 120 Thaler an Joh. Theodor Sprögel den Sohn.

Seine Vaterstadt liefs ihn nach wenigen Jahren einer Lehrerthätigkeit dahinziehen, die sicher Früchte gezeitigt hat, jedoch Früchte, die Wolff's Wirken ohne seinen Namen verewigten. Clio's Günstling ist Wolff nun einmal nicht geworden: am Pantheon der Helden und Denker, die mit Friedrich dem Grofsen und unter seinem Scepter der Zeit ihre Richtung gegeben, am Friedrichs-Monument vor der Akademie, nahm man Kant und Lessing auf, Wolff kannte man nicht.

Er war 33 Jahre alt, als er seine Vaterstadt verliefs, um einem 1766 an ihn ergangenen ehrenvollen Ruf der Kaiserin Katharina II. an die Petersburger Akademie zu folgen. Bereits Anfang 1767 traf er in Petersburg ein und erweiterte in den 27 nun folgenden Jahren akademischer Thätigkeit seinen längst begründeten Ruf als ansgezeichneter Anatom und Physiolog durch Arbeiten, die er in den *Novi Commentarii* und *Nova Acta* der Petersburger Akademie niederlegte, die aber sämmtlich zoologischen Inhalts sind. Er lebte zurückgezogen, waf jedoch als Forscher wie als Mensch seines ehrlichen nnd freundlichen Charakters wegen von den Mitgliedern der Akademie geachtet und geliebt, die einen schweren Verlust betrauerte, als am 22. Februar 1794 ein Schlagflufs sein Leben plötzlich endete. Dem braven Berliner Kinde ward am Newastrande ein kaltes Grab gegraben; der Akademie wufste weder seine Familie Stoff für eine ausführliche Lebensschilderung zu geben, noch fand jene in seinen hinterlassenen Papieren das hierzu Nöthige, sie setzte ihm indessen das schönste Denkmal in ihrem *Eloge* durch die Worte, dafs keine Phrasen die Gröfse des Verlustes ausdrücken könnten, den sie durch den immer noch allzufrühen Tod eines Mannes erlitten, „der Alles für den Fortschritt seiner Wissensehaft gethan"; den besten *Eloge* wiege die Aufzählnng seiner Schriften auf, die dann in langer Titel-Reihe auf 3 Seiten folgen.

Wir aber wenden uns zur Darstellnng seiner Lehre, geschöpft aus dem lateinischen**) und dem deutschen Werk über die Generation und aus der Einleitung zu seiner akademischen Abhandlung *De formatione intestinorum* (in den *Novi Comm. acad. Petropolit.* Tom. XII p. 403 ff.)**).

Die anatomische Grundlage.

Wer die Generation d. h. die Entstehung eines Organismus gründlich erklären will, der mufs die Entstehung der kleinsten noch irgend erkennbaren Theile desselben erklären, ehe er sich an die aus diesen zusammengesetzten Organe heranwagt. Deshalb zerfällt auch die Lehre von der Entstehung der Pflanze bei Wolff zunächst in die Lehre von der Nutrition oder von der Bildung der Elementarorgane und in die Lehre von der Vegetation oder der Bildung der zusammengesetzten Organe.

Die Lehre von den Elementarorganen oder die Anatomie der Pflanzen konnte erst seit der Erfindung des Mikroskops wissenschaftlich begründet werden. Der unsterbliche Ruhm, dieses gethan zu

---

*) Seinen ungenirten Berliner Sprachgebrauch hat Wolff bis ans Ende beibehalten. Aus der akademischen Abhandlung von 1789 ist er noch sehr deutlich zu ersehen. Er läfst sie drucken „bey die Kais. Akademie der Wissenschaften".

**) Von dem lateinischen Werk (*Theoria Generationis*) steht mir ein Exemplar der von einem Unbekannten besorgten und mit Zusätzen aus der dautschen Bearbeitung versehenen 2. Ausgabe (Halae 1774 in 8°) zu Gebote, das ich mit dem der hiesigen Kgl. Bibliothek gehörigen Exemplare der eigentlichen Dissertation (Halae 1759 in 4°) genau verglichen habe. — Um das Parterre der Anmerkungen zu beschränken, werde ich die Paragraphen der Dissertation wie die Seitenzahlen der deutschen Bearbeitung ohne weiteren Zusatz in den Text setzen, ebenso später die Paragraphen von Göthe's Abhandlung über die Metamorphose der Pflanzen. Wo die Beziehung nicht von selbst klar ist, soll Göthe mit G., Wolff mit W. bezeichnet werden.

haben, gebührt dem grofsen Marcello Malpighi, der als Professor zu Bologna im 17. Jahrhundert wirkte. In den beiden Foliobänden seiner Pflanzenanatomie, die auf Kosten der *Royal society* 1675 und 1679 gedruckt wurden, hatte er bewiesen, dafs die Pflanze aus mikroskopischen Bläschen ("Schläuchlein") bestehe, die ringsum geschlossen ein Leben für sich führen und den Pflanzenkörper zusammensetzen wie die Mauersteine das Haus. Dem 18. Jahrhundert wurde diese Lehre leider durch nachfolgende, viel weniger meisterhafte Untersuchungen, besonders die von Grew (*Anatomy of plants*. London 1682), nicht in ihrer reinen ursprünglichen Gestalt überliefert. Unserm Wolff schwebte sie daher als ein künstliches Gebäu "fruchtbarer Imagination" vor, die aus der Pflanze ein Gebilde von Drüsen gemacht, ähnlich denen, die bei den Thieren vorkämen, aber mit Saft gespeist, den unverkennbare Gefäfse zuleiteten (§. 38 Schol.). Er erkannte mit völlig richtigem Tact, wie hier ein Zwillingsbruder der Evolutionstheorie zu bekämpfen sei, der durch die Zuflucht zum Unsichtbaren den festen Boden der Empirie in demselben Moment verliefs, wo es galt die tragenden Fundamente für den gesamten Aufbau der Wissenschaft zu gewinnen. "Warum suchen wir überall nach Wundern?" ruft er aus, "etwa um aus dem Künstlichen des Schöpfers Weisheit an den Tag zu bringen? Wir sollten uns doch erinnern, dafs nicht die Complicirtheit, sondern die Einfachheit den Werth einer Maschine bestimmt". Darum beginnt er die Forschung von Neuem und findet, dafs zwar z. B. bei reifen Früchten vollständig von einander unterschiedene und leicht trennbare safterfüllte "Bläschen" oder, wie wir sie nach dem jetzigen Sprachgebrauch nennen wollen, Zellen*) vorkommen (§. 14), dafs aber sonst der Pflanzenorganismus eine gleichartige Masse darstelle, in der jene "Bläschen" nur safterfüllte Höhlungen neben langgestreckten Gängen, sogenannten Gefäfsen, bilden (§. 20). Er macht die bedeutungsvolle Entdeckung, dafs in den jüngsten Theilen der Pflanze, z. B. den inneren Blättern der Knospe, keine Gefäfse, sondern nur Zellen auftreten (§. 6); aber, mit einem nicht hinreichend scharfen Mikroskop versehen, begeht er in dem Streben, nun den allerfrühesten Zustand pflanzlicher Neubildung zu enthüllen, den verhängnifsvollen Irrthum: alle Pflanzentheile entständen ursprünglich ohne jede organische Structur (§. 33) als glashelle Tropfen des aus einem schon vorhandenen Theile heraustretenden Nahrungssaftes. Dies glaubte er sowohl an der fortwachsenden Spitze des Stengels entdeckt zu haben (§. 32), der er für alle Zeiten den Namen "Vegetationspunkt" gab, als bei der ersten Anlage zu den Blattorganen, in welcher Hinsicht er besonders die Bohnenblüthe anführt, die ihn noch so werthvolle andere Funde vermitteln sollte. Er erkennt in der Mitte dieser Blüthe den Stempel, den er bereits hier ein Analogon des Laubblatts nennt (§. 39), als ein mikroskopisch kleines kugliges Gebilde angelegt, leider aber bleiben ihm die zarten Scheidewände der bereits in diesem Alter vorhandenen Zellen verborgen — er sieht nur einen glashellen Tropfen (§. 30), wie ihm auch die späteren Anlagen zu den Samen, die im Innern des Stengels sich bildenden Bohneneichen**), als blofse ausgeschwitzte Tropfen erscheinen (§. 31), oder, wie es einmal später in einer Anmerkung vorsichtiger ausgedrückt wird, jener Stengel wie diese Eichen unterscheiden sich kaum von einem Tropfen (§. 59). Nun macht er Experimente mit ausgeprefstem Pflanzensaft und findet, dafs solcher an der Luft zu einer schleimigen, immer zäher werdenden Masse allmählich erstarrt (§. 24). Da es nun ein allgemeines Gesetz aller Organismen ist, dafs sie mehr zu sich nehmen, als zum Ersatz des Verlorenen in ihrem Körper nöthig ist (157), so wird der zudringende Nahrungssaft, den die Pflanze durch die Wurzel aus dem Boden zieht, in dem bereits im

---

*) Bei Wolff bedeutet das Wort Zelle nichts anderes als Höhlung, niemals zugleich deren Wandung. Man wird zugeben müssen, dafs dieser Begriff dem Worte auch viel angemessener ist, denn unter einer zelligen Masse versteht von vorn herein Jedermann eine löcherige. Mit der Verdrehung des Begriffs in den der heutigen Botanik allein geläufigen hat sich die Wissenschaft, wie auch sonst noch öfters, vom gewöhnlichen Sprachgebrauch, der doch der normative sein sollte, abgewendet.

**) Es ist ein starker Irrthum, der von dem oberflächlichsten Studium der Wolff'schen Arbeit Zeugnifs abgelegt, wenn Neuere die in der zäher werdenden Ausschwitzungsflüssigkeit nach W. entstehenden Zellen, die er allerdings bisweilen Poren nennt, als Eingangsporen in den betreffenden Pflanzentheil verstanden haben, wenn z. B. Sprengel in seiner Geschichte der Botanik, in der W. nur zweimal kurze Elogen gesagt bekommt, p. 165 des 2. Theiles bemerkt: W. habe die Ovula vor der Befruchtung untersucht und gefunden "dafs sie blofse Bläschen mit klarem Wasser (!!) angefüllt seyn und dafs kein Porus in denselben eine Oeffnung bilde" — das liegt auch in den von Sprengel angezogenen Worten zur Erklärung von Fig. 23 ("*purissima, nec ulla porulo maculata*") keineswegs.

Erstarrungsproceſs begriffenen jungen Pflanzentheil sich Ablagerungsräume schaffen, und so entstehen in der anfangs ganz homogenen Masse rundliche Poren, alle mit dem Nahrungssaft erfüllt: dies sind die Zellpunkte, die mit der Zeit immer zahlreicher werden und aus dem früheren glashellen Tropfen einen festen, wiewohl mit Zellsaft erfüllten, Körper machen (§. 23 u. 30). Sobald aber, wie zumal beim Stengel geschieht, an den eben gebildeten Theil in nunterbrochenem Fortschritt jedesmal sogleich wieder ein neuer sich ansetzt, indem der weitere Saftzudrang den älteren Theil zu fernerer Ablagerung unfähig findet, wird sich der aufsteigende Nahrungssaft in der festen Masse des älteren Theiles die Wege zu bahnen haben, um zu dem jedesmal jüngsten vordringen zu können, und so entstehen die Gefäſse gleichsam als Fluſsbetten des Pflanzensaftes (§. 23).

Die Stengelorgane d. h. der Stengel mit seinen Verzweigungen (*rami et truncus*) haben aber nicht nur ihre eigenen fortwachsenden Spitzen, sondern auch die Anhangsorgane d. h. die Blätter zu ernähren. Allein die letzteren leiten den Saft nicht weiter, sondern speichern ihn in sich auf. Daher besitzen die Blätter nur jenes feine Netz von Gefäſsen, das den Nahrungssaft in kunstreicher Canalisirung zu allen ihren Theilen hinzuleiten bestimmt ist, der Hauptmasse nach aber bestehen sie aus Zellen; die Stengelorgane dagegen, die so zu sagen das Transit-Geschäft in der Oekonomie der Pflanze zu führen haben, bestehen vorzugsweise aus Gefäſsen (§. 40).

So taucht schon an dieser Stelle mitten aus den anatomischen Untersuchungen mit durchschlagender Klarheit das Fundamentalgesetz für die Gestaltenlehre oder Morphologie der höheren Gewächse auf, das Wolff 1767 in die denkwürdigen Worte zusammenfaſste: „In der ganzen Pflanze, deren Theile wir beim ersten Anblick als so auſserordentlich mannigfaltig bewundern, sehe ich, nachdem ich Alles reiflich erwogen, schlieſslich nichts anderes und erkenne nichts anderes an auſser Blätter und Stengel (denn die Wurzel ist zum Stengel zu ziehen)*). Dies aber sind die unmittelbaren und zusammengesetzten Theile; die mittelbaren und einfachen Theile, aus denen sich jene zusammensetzen, sind die Gefäſse und Zellen“**). Unter den unmittelbaren Theilen versteht er also zum Unterschiede von den Elementarorganen der heutigen Wissenschaft (den Zellen und Gefäſsen) die gewöhnlich schlechtweg sogenannten Organe, indem er ein ähnliches Bild gebraucht, wie die chemische Terminologie bei der Unterscheidung der „näheren“ von den „entfernteren“ Bestandtheilen.

Nicht von geringem Interesse ist endlich am Schluſs der dargelegten anatomischen Untersuchungen die Art und Weise, wie die Frage nach dem Grunde dieser Zusammensetzung der Pflanze aus Zellen und Gefäſsen beantwortet wird. Denn die Idee, die den groſsen Briten David Hume zum entschiedensten Skepticismus trieb, der dadurch so fruchtbar für die Menschheit wurde, daſs er Kant's Ausgangspunkt für die Kritik der menschlichen Vernunft wurde, — die Idee des Causalzusammenhangs tritt an Wolff heran, indem er zur Betrachtung jenes innigen Zusammenhanges zwischen Pflanzenernährung und Pflanzenbau geführt wird. Er erkennt nicht mit Hume ein Unrecht, sondern ein Recht darin, daſs man in natürlichen Dingen bei constantem Zusammenvorkommen zweier Phänomene, sei es in vollkommener Gleichzeitigkeit, sei es mit kaum merkbarem Zeitintervall, das eine Phänomen als die Ursache des anderen betrachtet; aber er blickt noch einmal prüfend auf das Beobachtete zurück, ehe er die Rollen von Ursache und Wirkung vertheilt: er erwägt zu dem Ende die Zeitfolge. Hier erst wird es ihm bedeutsam, die Bildung der Zellen als etwas Früheres denn die der Gefäſse entdeckt zu haben, und daſs, wie es ihm schien, der ausschwitzende Tropfen ohne Zellenstructur das aller Früheste sei; und jetzt vollendet er vorsichtig den Schluſs: die Saftströmung ist es, die den inneren Bau der Pflanze bewirkt (§. 34).

„Mein Zweck“, sagt er einmal, „ist es, die Principien der Pflanzenentwicklung und deren Grundgesetze erfahrungsmäſsig zu finden und wenigstens zu zeigen, daſs die vollendete Pflanze nicht

---

*) Den Ausdruck Axe, mit dem die heutige Botanik Stengel und Wurzel zu einem Ganzen vereinigt, kennt W. nicht, die dem Ausdruck zu Grunde liegende Anschauung ist aber völlig, wie man sieht, die seine.

**) Wolff. *De formatione intestinorum.* (*Novi comm. acad. Petrop.* Tom. XII, p. 406.)

ein Ding ist, zu dessen Hervorbringung die Naturkräfte gar nicht hinreichten, welche vielmehr die schöpferische Allmacht verlange". Er meint, wenn dies Ziel erreicht sei, werde man nicht anstehen auch über die anderen Organismen im Geiste echter d. h. voraussetzungsloser Wissenschaft zu denken (§. 71 Schol. 2). Und so dürfen wir bereits hier völlig einstimmen in Wigand's sehr wahre Worte (a. O. p. 40 f.): „In Wolff's Methode ist ein wichtiges nnd als ziemlich neu auftretendes Moment: die fleifsige und gründliche Beobachtung. War er es doch, der nach Malpighi zuerst wieder die Hüllen der bildenden Natur mit kühner Hand hob, den Gestaltungsprocefs in seiner reellen Erscheinung von den ersten Anfängen an Schritt vor Schritt verfolgte". Aber wenn Wigand unmittelbar an dieses grofse Lob den grofsen Tadel knüpft, Wolff habe aus seinen Beobachtungen „nichts gelernt, sondern das hineingezwängt, was er schon vorher wufste" und zwar was als Vorurtheil in ihm, dem „nicht unbefangenen" Forscher, gelegen — so glaubt man wirklich Wigand nicht in der Fortsetzung seiner Kritik, sondern in Anführung einer gegnerischen Meinung zu hören. Wir brauchen uns nach dem Obigen nicht auf eine Widerlegung von Wigand's Ansicht einzulassen, dafs Wolff's Lehre von der Zellen- und Gefäfsbildung zu seinen „vorgefafsten Meinungen" gehöre, und dafs „ein Gegensatz zwischen Stengel und Blatt in der *theoria generationis* noch nicht zum Bewufstsein gekommen" (a. a. O. p. 39). Wohl hat Wolff geirrt, wenn er die Entstehung der Gefäfse neben den Zellen, statt durch Entwicklung der Zellen selbst (an welcher Entdeckung er so nahe war), beobachtet zu haben meinte, wohl war es ein Irrthum, wenn er das Ganze der Pflanze sich wie eine Wabe dachte, in der die Zellen wie Bienenzellen ausgehöhlt seien und nur bisweilen eine Existenz als in sich abgeschlossene Organe führten, wohl hat er einen noch gröfsern Irrthum begangen in dem Satze, dafs der Uranfang alles Pflanzlichen nicht in der Zelle, sondern in unorganisirten Secreten von Zellen zu suchen sei; aber an dem zweiten Irrthum war gerade seine starre, nnerbittliche Empirie schuld, die ihm nicht gestattete benachbarte Zellen, zwischen denen er keine Trennungslinie sah, für getrennt zu halten, und wird er sich den letztgenannten Hanptirrthum, wie man zu sagen pflegt, in den Kopf gesetzt haben, nm nun der in dem erstarrenden Secret auftretenden Zellentstehung mühsam nachgehen zu müssen? Er müfste sich entweder selbst betrogen haben, indem er da erst Zellen suchte, wo ihm vorher nur seine theoretische Befangenheit keine zu sehen erlaubte, oder er müfste mit der ausführlichen Beschreibung, wie er sie in dem erwachsenden Organ allmählich auftreten gesehen, Andere haben täuschen wollen: jenes ist von seiner Klarbeit, dieses von seiner Wahrheit nicht zu erwarten. Jeder Zweifel darüber, ob dieser Grundirrthum Frucht einer theoretischen Lieblingsidee oder einer (vermeintlichen) Autopsie gewesen, schwindet durch eine Note zu p. 48 seiner Abhandlung „Von der eigenthümlichen und wesentlichen Kraft", wo er erzählt, dafs er gerade mit dem Glauben an eine Organisation eben erst gebildeter Theile an seine Forschungen gegangen sei, aber durch mikroskopische Betrachtung pflanzlicher Neubildungen von jenem Dogma zurückgekommen wäre.

Episode über die Lebenskraft. *)

Die eben angeführte Abhandlung Wolff's über seine *Vis essentialis* ist eine höchst charakteristische Arbeit seines 56. Lebensjahres, die aber nicht sowohl, wie seine Dissertation für die Botaniker, verschollen, als vielmehr von vorn herein unbekannt geblieben ist, obgleich die Petersburger Akademie in ihrem *Eloge* die Reihe seiner Werke, die mit der „*dissertation profonde*" anhebt, mit dieser Arbeit — der Zeit, nicht dem Werthe nach einer seiner letzten — schliefst. Historisch erhält dies Werk noch dadurch ein besonderes Interesse, dafs es als unmittelbarer Vorläufer von Kant's Kritik der Urtheilskraft (1790) auftrat, und die in diesem Fundamentalwerk ausgesprochenen Grundideen Kant's über die Organisation einem fast wie Schallwellen vorkommen, die zwar von Königsberg her sich durch das Medium

---

*) In diesem Abschnitt allein bedeuten die eingeschalteten Ziffern die Seitenzahlen der Abhandlung Wolff's „Von der eigenthümlichen und wesentlichen Kraft der vegetabilischen sowohl als auch der animalischen Substanz" (St. Petersburg 1789. 4°). Diese Abhandlung versteckt sich in den Bibliotheken gewöhnlich dadurch, dafs sie als eine zugleich censirende und erweiternde Darstellung den zwei Preisarbeiten von Blumenbach und Born über denselben Gegenstand angebunden ist. Daher ist es wohl auch zu erklären, dafs sie in Pritzel's *Thesaurus literaturae botanicae* fehlt.

philosophischer Abstraction nach Deutschland verbreiten, ihr Schwingungscentrum jedoch in dem Petersburger Naturforscher haben. Kuno Fischer sagt am Ende seiner meisterhaften Darstellung jener Grundideen Kant's: „Das Leben der Natur kann nur gedacht und beurtheilt werden als innere Zweckmäfsigkeit. Damit ist das grofse Princip, welches Aristoteles zuerst begriffen und für die Philosophie gewonnen hatte, von Kant wieder entdeckt und kritisch gerechtfertigt worden." Wir dürfen aber als den Erneuerer aristotelischer Auffassung auch in dieser Beziehung statt Kant Wolff setzen. Denn die Grundlehre Kant's über die organische Natur ist die: Eine constructive Intelligenz waltet seit dem Uranfang der Dinge in allen organischen Bildungen, indem mechanische (d. h. Natur-) Kräfte von ihr zur Erreichung bestimmter Zwecke benutzt werden, sie ist aber nicht extramundan (sonst verhielte sie sich wie der Gedanke des Künstlers zur Marmorstatue), sondern den Wesen immanent, sie wirkt nicht übersinnlich, sondern physikalisch; einen Dombau erklärt man nicht, indem man die freilich unzweifelhafte Wahrheit ausspricht, dafs ihm der Plan eines Künstlers sein Dasein gegeben, sondern indem man die Mechanik seiner Ausführung darlegt — einen Organismus, in welchem sich Theil aus Theil von innen heraus entwickelt, erklärt man allein durch die Causalität seiner Entwicklungsgeschichte, die Teleologie kann dagegen ihrer Natur nach nie Erklärungsprincip werden. Und nun entdecke Kant selbst seinen Darwinianismus*): Die unzähligen, aber oft stufenartig sich einander anuäbernden Speciesunterschiede der organischen Natur innerhalb treu eingehaltener typischer Grundzüge erwecken Hoffnung, „dafs hier wohl etwas mit dem Princip des Mechanismus der Natur, ohne welches es überhaupt keine Naturwissenschaft geben kann, auszurichten sein möchte. Die Analogie der Formen verstärkt die Vermuthung einer wirklichen Verwandtschaft derselben in der Erzeugung von einer gemeinschaftlichen Urmutter." Man sieht, wie der Gedanke Lord Darwin's tief in der deutschen Philosophie wurzelt; und es wirkt vielleicht versöhnend, wenn man sieht, wie das vermeintlich eiskalte System des kosmischen Mechanismus, nach welchem blind und zwecklos die bunten Schaaren der unzähligen Geschöpfe wie ebenso viele Gefangene, angekettet an den so ziel- wie ruhelos dahindonnernden Wagen des finster tyrannischen, namenlosen Weltumgestalters durch die geologischen Perioden, die Gestalt nach dem Zwang der Verhältnisse sclavisch umwandelnd, dahinziehen — wenn man dieses System als die Verallgemeinerung der Kantischen Lehre von dem Einzelorganismus auf die Gesamtentfaltung der organischen Natur auffafst, wie sie dem grofsen Denker selbst vorschwebte. Wem die Hochachtung vor Kant nicht blos auf den Lippen schwebt, der sollte sich der Inconsequenz schämen, kleine Diebe zu hängen und grofse laufen zu lassen, was doch geschieht, wenn man die Entstehung des Einzelorganismus mit der scrupulösesten Genauigkeit wissenschaftlich d. h. durch Causalität zu erklären sucht, dagegen in jedem redlichen Bemühen, die Gesamtentwicklung der organischen Welt auf das Zusammenwirken von Naturkräften zurückzuführen, statt echtester Wissenschaftlichkeit nur Hypothesensucht oder gar Frevel erkennt. Thier und Pflanze, aber auch Thierreich und Pflanzenreich wird deutsche Gründlichkeit nie anders deuten denn als die Verwirklichung einer Idee durch den Causalnexus von Naturkräften, die, harmonisch ein einziges kosmisches Ganze bildend, bei jeder Aenderung in der Constellation der anorganischen Welt conservative Zweckwidrigkeiten in der organischen Natur durch das überall mächtige Gesetz der Concurrenz beseitigen, wonach nur demjenigen Wesen das Leben bleibt, das mit all' seinen Organen den Kampf ums Dasein mit sieghafter Ausdauer ununterbrochen zu führen weifs — oder um mit den Worten eines Besseren zu reden:

> „Das ist der Weisheit letzter Schlufs:
> Nur der verdient sich Freiheit wie das Leben,
> Der täglich sie erobern mufs."

Wenn aber selbst grofse Naturforscher heutzutage der sentimentalen Wehmuth nachhängen, dafs der böse Darwin mit seiner mechanischen Naturanschauung all die gewohnten und dadurch lieb gewonnenen

---

*) Ein Citat wenigstens mag dieselbe Qualität Linné's verrathen: *Systema Naturae* II, No. 25. Es ist selbstverständlich, dafs Linné hier ähnlich wie Kant mit einem *Supponas* beginnt, denn es gab noch nicht die Geologie des 19. Jahrhunderts. Die Descendenstheorie warf indessen, wie ein beliebtes Bild von allen grofsen Ereignissen es aussagt, ihren Schatten voraus.

Erklärungen der Dinge durch den stets rettenden Recurs zur Zweckweisheit so unbarmherzig zerstört habe, so strafen sie sich hierdurch nur selbst dafür, dafs sie nicht bei Kant in die Schule gegangen sind und von ihm gelernt haben, wie man nicht mit dem östreichischen Papiergeld der Teleologie kommen soll, wo allein preufsische Barzahlung in solider Causalitätsmünze angenommen werden darf.

Weder von philosophischen Theoremen ausgehend, noch zu so kühnem Wurf der Verallgemeinerung sich erhebend, weilen Wolff's Gedanken bei den Einzelerfahrungen, die ihm eine dreifsigjährige Forschung eingebracht haben; aber sie sind den Ideen des Königsberger Philosophen wahlverwandt. Wolff erkennt die Impotenz in Blumenbach's Theorie, dafs die Grundkraft jedes Organismus der Bildungstrieb (wie es heute bei Einigen heifst: die Lebenskraft) sei. Damit, sagt er, ist nur die negative Aussage gethan: man könne den Organismus nicht aus bekannten Ursachen ableiten. Wäre Blumenbach's Bildungstrieb nicht ein blofses x, sondern eine Naturkraft, so müfste sie, wie jede Kraft in ihren Wirkungen, sich gleich bleiben. Dann aber könnte es nur einerlei organische Naturkörper, keine unzähligen Arten geben, ja die Kraft, die Blatt und Stengel bildet, könnte gewifs nicht auch noch eine Wurzel hervorbringen — kurz mit den Körpern müfsten auch ihre Theile durchaus einander gleich sein (66). Sollen etwa die besonderen Umstände die Verschiedenartigkeit der Wirkungen ein und derselben Kraft erklären, so ist offenbar der Bildungstrieb nicht mehr das Bedingende, er reducirt sich dann auf die allen Organismen gemeinsam zukommende Ernährungskraft (67). Und eben diese Kraft, die bald Nutritions-, bald Vegetationskraft genannt wird, ist der Gegenstand der eigentlichen Untersuchung Wolff's. Wie jede Kraft kann man auch sie nur aus ihren Wirkungen erkennen (7); diese Wirkungen äufsern sich durch stoffliche Anziehung und Abstofsung, die jedem Theile des organischen Körpers innewohnt (34). Es fragt sich: ob diese Anziehungskraft, die also die positive Seite der Ernährungskraft bildet, die allgemein dem Stoffe zukommende Anziehungskraft ist? Dann müfste ein aus beliebigem Stoff künstlich gebildeter Wiesenbocksbart (*Tragopogon pratensis*) wachsen und sich fortpflanzen können; mithin ist diese Anziehungskraft eine den organischen Körpern eigenthümliche (39). Die Eigenthümlichkeit besteht 1) in der Anziehung der gleichartigen*) und in der Abstofsung der ungleichartigen Stoffe (was die Organisation mit dem nächst verwandten Procefs der Krystallisation gemein hat [52]), 2) aber in der innerlichen Durchdringung mit dem aufgenommenen Stoff, während beim Krystall nur äufserliches Ansetzen zu beobachten ist (60). Jene Anziehung und Abstofsung sind geradeso Aeufserungen derselben Kraft in jedem organischen Theilchen wie die entsprechenden Eigenschaften des Magneten und des Bernsteins, den man durch einfache Reibung zugleich anziehend und abstofsend gemacht hat (69). Diese Durchdringung aber mit dem zur Nahrung geeigneten Stoff ist derselbe Vorgang wie die Verbindung eines Metalls z. B. mit Quecksilber (64), also ein chemischer. In dem Chemismus verräth nun eben die Pflanze wie das Thier eine so wunderbare Auswahl, dafs man selbst einzelnen Abscheidungsorganen „anscheinendes Gefühl oder Geschmack", den in der Stoffwahl so sehr unterschiedenen Species aber geradezu eine Art Seele zuschreiben mufs (70), die man nur nicht wie Stahl mit der thierischen Seele verwechseln darf**). So erkennt Wolff eine unbewufst planmäfsige Thätigkeit des Organismus vollkommen an, unterscheidet auch die gestaltende Kraft unter dem Namen der organisirenden genau von der „gleichmäfsig ernährenden", würdigt also ganz gerecht das, was an Blumenbach's Bildungstrieb Wahres war. Aber gegen die extreme Teleologie, die mit Nennen des Worts Bildungstrieb erklären zu können meinte, machte er in gleicher Entschiedenheit Front wie gegen das andere Extrem, das des Mechanismus, der in der Assimilation den chemischen Procefs leugnete und statt qualitativer überall nur quantitative Vorgänge, mechanische Zerkleinerung und Veränderung des specifischen Gewichtes sah (55). Alles organische Leben verläuft zwar unter dem Walten der allgemeinen d. h. für jeden Stoff gleichen Kräfte (40, 71, 74), aber all die tausendfache Mannigfaltigkeit rührt von einer dem speciellen Organismus eigenthümlichen, keinem anorganischen Körper zukommenden Stoffaneignung und Stofforganisirung her, von der schliefslich nur unentschieden bleibt, ob diese

---

*) Nach heutiger Terminologie etwa = assimilirbar.

**) Es ist völlig Aristoteles' „Ernährungsseele" (ψυχή θρεπτική).

beiden das Wesen der Pflanzen wie der Thiere bedingenden Eigenthümlichkeiten von einer besonderen Substanz herrühren, die der organische vor dem anorganischen Naturkörper voraus hat, oder ob die Art der Mischung von Stoffen, die auch das Reich der anorganischen Natur bilden, das Bedingende ist (94). Dafs sich Wolff für die letztere Seite dieser Alternative nicht entscheiden konnte, versteht sich sehr leicht aus dem noch nicht von der Chemie, die eben erst unter Lavoisier's Genie erwachte, geführten Beweis der Unmöglichkeit der erstgenannten Seite. Aber die klare Anschauung, die in jener Alternative ihren Ausdruck findet, ist gewifs zu bewundern: mit ihr geht Wolff muthig über Kant's Standpunkt hinaus, der den Vorgang der Organisation, weil er von uns nur als ein zweckthätiger begriffen werden könne, nicht von der „Autokratie der Materie" ableiten wollte. Er übertrifft also den Philosophen durch den echt wissenschaftlichen Monismus, der Kraft und Stoff zu einer Einheit zusammenfafst, nichts von dualistischem Gegensatz zwischen beiden weifs, keinen Stoff ohne Kräfte, die die Summe seiner Eigenschaften ausmachen, aber auch keine Kraft ohne Stoff, als dessen Bethätigung sie wirkt, denken kann. Heutzutage zweifelt Niemand, dafs die Würfelbildung eine dem Chlornatrium inhärente Eigenschaft ist. Jeder sieht in dieser bestimmten Krystallisation allerdings eine Autokratie dieses bestimmten Stoffes, die aber so wenig mit dem planmäfsigen Formen des Körpers mit 24 Winkeln von genau 90 Grad im Widerspruch steht, dafs sie vielmehr in der genauen Vollführung dieses Planes ihre Befriedigung findet. Und genau so urtheilte Wolff's gröfster Nachfolger auf dem Berliner Lehrstuhl für Physiologie, Johannes Müller, vom Organismus: er schaffe nach einer Idee, aber „mit Nothwendigkeit und ohne Absicht."

Wigand's Vorwurf (a. O. p. 40), Wolff habe die Pflanze zur Maschine herabgewürdigt und komme mit seiner *Vis essentialis* wie mit dem *Deus ex machina*, erledigt sich somit von selbst. Wigand kannte freilich die so eben analysirte Abhandlung nicht, hatte jedoch auch in der Dissertation durchaus keinen Anhalt für derartige Beschuldigungen, denn hier lassen die §§. 1 — 4 das Wesen der organischen Grundkraft völlig auf sich beruhen und reden nur von der Existenz derselben als von einer Gewifsheit. Der Mysticismus der modernen Lebenskraft fand bei Wolff keinen Boden.

Das Wachsthum.

Das Material der Pflanze ist gesichtet, aus Zellen und Gefäfsen bestehend gefunden, auch die Bildung dieses Materials aus dem vom Boden erhaltenen Saft nach Möglichkeit erklärt; aber wie bauen sich aus solchem Material nun die Organe auf? Hierauf antwortet Wolff mit der Lehre von der Vegetation oder dem Wachsthum, die nach den bereits gefundenen beiden Hauptclassen von Organen das Wachsthum von Axe und Blatt zu erklären hat. Will sie aber wahrhaft erklären, so hat sie nicht eine anatomische Beschreibung fertiger Dinge, sondern eine historische Erzählung der zu solcher Ausbildung führenden Vorgänge zu geben (§. 53): in diesem methodisch so überaus wichtigen Ausspruch pulsirt recht eigentlich das Herz der von Wolff geschaffenen Epigenetik, die nichts wissen wollte von allen noch so meisterhaften Beschreibungen der Evolutionstheoretiker, weil diese dem nach der Entstehungsgeschichte Fragenden immer mit der Versicherung den Mund stopfen wollten, dafs Alles ja schon von Anbeginn so gewesen, dafs es im Grunde vor dem Sein gar kein Werden, sondern vor dem sichtbaren Sein nur ein unsichtbares Sein gegeben habe. Aber freilich hatten die Evolutionisten zur Hälfte etwas Wahres gesagt: der Anfang jedes Organs entzieht sich dem unbewaffneten Auge und enthüllt sein Geheimnifs selbst dem bewaffneten nur, wenn Geschick und Ausdauer die Untersuchung leitet. Wolff war wohl der Erste, der dem Studium der pflanzlichen Entwicklungsgeschichte für alle Zeiten die Stelle wies, wo es zu arbeiten gelte, wo in unendlicher Kleinheit die Organe in geheimnifsvoller Verborgenheit auftauchen: die Spitze der Axe, oder vielmehr die Mehrzahl derselben, denn selbst, wenn man sich eine gänzlich unverzweigte Axe denkt, sind es der Spitzen zwei: Stengel und Wurzelspitze; auch den Namen dieser Stelle, Vegetationspunkt, sahen wir bereits von ihm gegeben. Hier müssen nothwendig alle Neubildungen geschehen, da sie alle auf dem Hervortreten des Nahrungssaftes beruhen, dieser aber aus bekannten physikalischen Ursachen da am ersten hervortreten mufs, wo die zu durchdringende Substanz die dünnste und weichste ist, also am jüngsten Theile jedes Axenorgans d. h.

an seiner Spitze (§. 60). Hier ist der Heerd für den wichtigsten der Wachsthumsvorgänge: für die Blattbildung, deren Lehre Wolff zuerst wissenschaftlich begründet hat, wie er denn auch den Blättern den ihrer Hervorbildung aus der Stengelspitze durchaus angemessenen Namen der „Stengelschöfslinge" (*propulsiones trunci*) und der „Anhangs- oder Appendicularorgane" (*appendiculae*) gegeben hat, welcher letztere ihnen geblieben ist.

Die Pflanze, die zuerst von Wolff auf die Entwicklungsgeschichte des Blattes genau untersucht worden ist und somit eine classische Bedeutung für die Geschichte der Botanik erhalten hat, ist — der Weifskohl (§. 45—52). Die Wahl des Beispieles mag keine glückliche gewesen sein, aber wenn man Wolffs Untersuchungen nachmacht, so staunt man, wie er alle Schwierigkeiten so trefflich überwunden, wie er mit bewundernswerther Ausdauer unter den so zahlreichen Blättern, die, einander dicht umhüllend, den Vegetationspunkt bedecken, doch die mikroskopisch kleinen innersten gefunden hat, die eben erst dem saftreichen (wie Wolff natürlich wieder meint: zäh flüssigen) Stengelende entwachsen sind, und wie er die successiv eintretenden Veränderungen alle unter dem Mikroskop verfolgt, obgleich die sehr früh hier eintretende kahnförmige Wölbung des jungen (gegen die Basis hin durch rapide Zellenvermehrung sich schnell verdickenden) Blattes die nöthige Streckung des Gebildes in die Ebene unter dem Deckglas behindert. Er schildert so getreu wie er beobachtet hat: die Erhebung des ersten durchsichtigen Wärzchens, mit dem jedes Blattorgan dicht am Vegetationspunkt sich hervorschiebt, die Dehnung zu einem länglichen Körper, der die breite ohne deutliche Grenzlinie in den Stengel übergehende Basis beibehält, bald aber fast dreieckig wird und nun erst den Mittelstreifen des Gefäfsbündels als Anfang der späteren Mittelrippe, in der bis dahin durchaus zelligen Masse zeigt, sodann die Erhebungen des Blattrandes, von welchem Seitenrippen schräg nach der Mittelrippe in breiten, aber noch sehr zarten Streifen herabzulaufen beginnen, und endlich die weitere Ausbildung der Randgliederung und Gefäfsbündelverzweigung in dem etwa liniengrofsen, nun schon so gut wie vollendeten Blatte.

Man mufs es wahrhaft bedauern, dafs dieser ersten gründlichen Untersuchung der Blattentwicklung nicht die Entdeckung jenes einfachen Gesetzes als verdienter Preis zufiel, mit dem die neuere Botanik, wenn auch mit gewissen Einschränkungen*), den Grundcharakter der beiden polaren Gegensätze im Organismus aller höheren Gewächse erfaste: die Axe wächst an der Spitze fort, das Blatt hemmt sein Wachsthum zuerst an der Spitze. Man mufs dies um so mehr bedauern, weil er bei den Blattorganen der Blüthe das Basiswachsthum wirklich entdeckte, auch bei den Laubblättern, wie wir gleich sehen werden, die Altersverschiedenheit von Spreite und Stiel richtig deutete und sich nur durch die Deutung des Wachsthums der Blattfläche die Vollendung der Induction des allgemeinen Gesetzes rauben liefs. Hieran war hauptsächlich die Wahl des Beispieles, zu der ihn Winteruntersuchungen in Halle drängen mochten, schuld. Denn das junge Weifskohlblatt behält die dünne Zellenlage nur an seinem freien Rande, während der innere Theil der Fläche sich, wie gesagt, schnell und stark verdickt. Diesen Herd des energisch fortschreitenden Basiswachsthums, der natürlich mit seinen dicken Zellenlagen das durchfallende Licht mehr und mehr hemmt, hielt nun Wolff eben seiner geringeren Durchsichtigkeit wegen für den älteren (§. 49), den schön durchsichtigen Saum dagegen, in dem wirklich bei nicht starker Vergröfserung überhaupt keine Zellen nachweisbar sind, für den jüngeren Theil des Blattes, der aus dem älteren erst „ausgeschieden" sei (§. 48). So spielte ihm im Grunde doch sein oben aufgedeckter Hauptirrthum auf dem Gebiet der Pflanzenanatomie hier den schlimmen Streich, dafs ihm eine der wichtigsten Entdeckungen der Pflanzenmorphologie entging. Die schönen Farbenreactionen

---

*) Bekanntlich sind gerade von einem unserer gröfsten Meister in subtilen Untersuchungen pflanzlicher Wachsthumsprocesse, von Wilhelm Hofmeister, und von ihm nicht allein, Einwände gegen obigen Satz erhoben worden, der auch gewifs noch weiterer specieller Nachweise bedürftig ist; trotzdem möchte ich ihn nicht für dermafsen erschüttert halten wie Hofmeister, der geradezu sagt: es giebt keinen qualitativen, sondern nur einen quantitativen Unterschied zwischen Stengel und Blatt. Wäre dem so, so wäre es Zeit aufzuhören mit den dann höchst unfruchtbaren Untersuchungen, was bei unterständigen Fruchtknoten zum Axenorgan und was zum Fruchtblatt gehöre. Und mit wie viel Recht hätte dann Pringsheim (Monatsber. der Akad. zu Berlin. 1863. p. 174 f.) Nägeli's Urtheil gebilligt, das der Annahme, es könne bei Salvinia ein Blatt „durch Erweiterung des unteren Theiles eines Stammes" entstehen, als einer, „ohne jede Analogie im Pflanzenreiche dastehenden" opponirte.

der Jodine auf ältere und jüngere Zellmembranen standen ihm noch nicht zu Gebote: er glaubte an der glasähnlichen Durchsichtigkeit und an der gröfser werdenden Undurchsichtigkeit die Erkennungszeichen für Jung und Alt zu haben — aber diese Stütze war brüchig.

Ganz deutlich hat er dagegen erkannt, dafs das Blatt nicht von Anfang an Gefäfse hat, sondern sie erst erhält (§. 47), und dafs der Blattstiel später entsteht als die Blattspreite*). Da er die Gefäfse erst im Blatt entstehen sah, den Blattstiel aber ganz richtig als die Gefäfsleitung zwischen Mittelrippe und Stengel auffafste, konnte er auch an das in neuerer Zeit so viel behandelte Problem der inneren Beziehung von Stengel und Blatt herantreten. Er bemerkte von dem mehr oder weniger kegelförmigen Vegetationspunkt**) die Blattwärzchen seitlich sich erheben aus einer Zellenmasse, die vorher selbst die Mitte (die Spitze des „Vegetationskegels“) eingenommen hatte, jetzt aber von neu eingeschobener, wie er fälschlich meinte, noch gar nicht mit Zellenstructur versehener Masse zur Seite gedrängt war. Während so das immer sich verjüngende Innere als „Markaxe“ gefäfslos ist, füllt es sich, sobald es an der Spitze die Blattaufänge treibt und gleichzeitig im eigenen Innern (der Mittellinie des Stengels) die neue Markaxe abscheidet (§. 62), mit Gefäfsbündeln, die aus der Mittelrippe der eben entstehenden Blätter herabziehen als sogenannte Blattspuren (continuata) (§. 44). Soviel Blätter also hervorbrechen, soviel Gefäfsbündel enthält der Stengel (§. 67), ja der Stengel bildet die Fortsetzung aller Blattstiele (§. 73) d. h. Blattspuren, und der ganze dadurch entstehende Kreis der Gefäfsbündel macht die „gemeinsame Rinde“ (cortex communis) aus (§. 76). Die „nach abwärts vorgezogenen Gefäfsbündel der Blätter“***) constituiren geradezu den Stengel, indem sie entweder einen einfachen Cylinder (§. 77), oder, bei perennirenden Gewächsen, Jahr für Jahr über einander sich hüllende Cylinder (eigentlich über einander gestülpte sehr spitze Kegel) bilden (§. 78).

Es ist interessant, zu sehen, wie sich Wolff durch die aus seinen Beobachtungen gezogenen Folgerungen zuletzt zu derselben Consequenz fortreifsen läfst wie Joh. Hanstein in seiner Jugendarbeit über Blatt, Stengel und Wurzel der Gefäfspflanzen (Linnaea XXI, 1848), dafs nämlich der Stengel weiter nichts als die Summe der in ihm sich vereinigenden Blattstielausläufer sei. Hanstein hat bekanntlich diese Ansicht aufgegeben, und auch bei Wolff war sie wohl nicht von Dauer und erscheint selbst innerhalb seiner Erfahrungen nicht recht gesichert: einerseits macht er doch selbst nicht den Versuch, den Markcylinder von den Blattspuren abzuleiten, andererseits kann doch der Stengel, ganz abgesehen vom Markcylinder, nicht die Zusammenfassung der Blattspuren darstellen, da ja die, wie Wolff weifs, früher völlig gefäfsfreien Blätter selbst Hervorbringungen desjenigen Cylinders sind, der sich später mit ihren Gefäfsbündeln zur Wolff'schen „Rindenschicht“ füllt. Ein geringerer Widerspruch dagegen, vielleicht nur ein scheinbarer, liegt darin, dafs Wolff in den Gefäfsen die Bahnen, die sich der aufsteigende Saftstrom selbst geschaffen hat, sieht, die Gefäfsbündel aber durch die Blattstiele in den Stengel sich „herabziehen“ läfst; es könnte ihm leicht dabei die Frage nach der Betheiligung der einzelnen jetzt als so different erkannten Zellarten des Gefäfsbündels am auf- und absteigenden Saftstrom vorgeschwebt haben, über die bis zur Stunde die Acten noch nicht geschlossen sind.

In der deutschen Bearbeitung wird diese Anschauung des Stengels als eines Complexes von Blattausläufern nicht wieder vorgetragen, dagegen über die Axenorgane noch Wesentliches mitgetheilt.

---

*) Denn so mufs man natürlich am Ende von §. 72 die Worte übersetzen: *omni petiolo praecedunt folia.*

**) Es mafs hier ausdrücklich bemerkt werden, dafs der Wolff'sche Begriff des Vegetationspunktes in der modernen Botanik eine Verschiebung erlitten hat, durch welche der Ausdruck „Vegetationspunkt“ synonym mit dem neueren Wort „Vegetationskegel“ geworden ist. Bei W. ist aber der Vegetationspunkt kein Punkt, an dem, sondern eine Linie (in der Blüthe also eine Kreislinie) aus der Blätter hervortreten.

***) So lange man vom Gefäfsbündel nur die Gefäfse betrachtet, wird man dies Herabwachsen aus der Mittelrippe des Blattes wohl allseitig bestätigt finden. Bei den Labiaten konnte ich es in den jüngsten Internodien deutlich verfolgen; paarweise sah ich die Gefäfsbündel, je in zwei Hälften getheilt, an den Stengelkanten herabwachsen als „Blattspuren“, oder wie ich damals, vor dem Bekanntwerden mit Wolff's Terminus *Continuata*, den Hanstein'schen Ausdruck „Blattspuren“ wiedergab: als *Phyllichnia*. Die von Hanstein gerade für die Labiaten geleugnete Verschlingung sämtlicher Gefäfse des Internodiums an der Knotenstelle habe ich auch in der betreffenden Abhandlung nachgewiesen. Vergl. Kirchhoff: *De Labiatarium organis vegetativis* (Erfurt 1861 bei Villaret) und Hanstein: Ueber gürtelförmige Gefäfestränge in den Abhandl. der Berliner Akademie von 1857.

Zunächst findet die Entstehung der Wurzelverzweigung ihren naturgetreuen Ausdruck: unter der Oberhaut des älteren Wurzelastes entsteht ein kleiner Hügel, der bei konischem Aufwachsen zuletzt jene Oberhaut durchbricht und durch die selbst gebildete Spalte zu einem neuen Wurzelast auswächst (193). Jeder Zweig stellt aber eine einfache Pflanze dar (194), ziemlich alle Pflanzen sind demnach, sogar in höhere Grade hinein, zusammengesetzt. Aber — und hierin überrascht uns wieder Wolff's genialer Naturblick — es gibt zwei grundverschiedene Arten der Verzweigung: die Stengel- und die Wurzelverzweigung; jene geht regelmäfsig in der Blattachsel vor sich und erzeugt an dem hervortretenden Vegetationskegel sofort Blätter, während der Seitenzweig der Wurzel „schlechtweg zu einem cylindrischen Körper sich ausdehnt" ohne jemals Blätter hervorzubringen (196). Hierin ist die Doppelnatur der Axe überhaupt mit voller Klarheit ausgesprochen: der Stengel ist die beblätterte, die Wurzel die unbeblätterte Axe. Jedes Axenorgan aber entsteht in enger Zusammendrängung seiner Glieder als Knospe, die als Embryo einer einfachen Pflanze angesehen werden mufs: ist es ein Stengelorgan, so sind mithin die Blätter, da sie nie anders als in der Vielzahl entstehen, auch dicht geschaart und die äufseren (älteren) decken die inneren (195).

Dies sind die Grundzüge der Wolff'schen Wachsthumslehre, deren Hauptwahrheiten zum Ruhme des trefflichen Mannes noch heute (freilich nach manchem Irrweg, den man sich durch Beachtung von Wolff's Generationstheorie hätte ersparen können) jeder gesunden Morphologie zum Fundament dienen: die Theorie von der Entstehung des zusammengesetzten Individuums durch seitliche Knospung, der unverwischbare Gegensatz von Stengel und Wurzel, der tiefinnerliche Zusammenhang von Stengel und Blatt — alles steht schon da und harrt der Weiterförderung; einzig der Wachsthumsunterschied der Blatt- und der Axenorgane ist noch nicht entschieden verkündigt, weil noch nicht allseitig, sondern erst in einzelnen, wiewohl bedeutsamen Spuren erforscht.

Blüthe und Frucht *).

Die Beobachtung lehrt, dafs bei Verminderung der Nährsäfte die Pflanze von der gewöhnlichen („einfachen") Erzeugung von Blättern zur Blüthenbildung übergeht (§. 94). Da mannigfache Experimente beweisen, wie sogar ein und dieselbe Pflanze auf fruchtbarem Boden die schönsten Laubblätter hervorbringt, die Blüthenbildung aber zurückhält, dagegen auf magerem Boden das Gegentheil eintritt (242), so folgt: dafs die Thatsache der Nahrungsschmälerung und das Phänomen des Blühens in dem constanten Verhältnisse von Ursache und Wirkung stehen (§. 95). Weil aber auch ohne Aenderung der Nahrung die Pflanze zuletzt zum Blühen kommt, so mufs in ihr selbst eine Hemmung der Nahrungszufuhr allmählich eintreten, die Wolff in einer successiv zunehmenden Verstopfung der Saftwege oder der Gefäfse findet (§. 98).

Die Vegetation pflegt schon vor Anlage der Blüthe Schwächlicheres zu leisten: das sieht man an den immer klarer und mit immer weniger verzweigtem Adersystem ausgebildeten Laubblättern, die bisweilen einen ganz allmählichen, bisweilen aber einen sprungweisen Uebergang zu den Blüthentheilen machen (§. 106), denn diese sind nichts weiter als „modificirte Blätter" (231). Eben deshalb hat die Lehre von der Epigenese der Gewächse nur die beiden Hauptaufgaben: die Blattentstehung überhaupt zu erklären und sodann zu zeigen, auf welche Weise sich in den höheren Theilen des Pflanzenkörpers statt der gewöhnlichen Laubblätter die zu Blüthenorganen modificirten Blätter bilden, d. h. auf welche Weise sich die Blattorgane in der Blüthenregion unvollkommen gestalten**).

Die „Geschichte der Blüthe" wird deren Wesen enthüllen. Wolff hat sie erforscht an dem Beispiel der Bohnenblüthe, die seinem Scharfblick ebenso classische Entdeckungen vergönnte wie das

---

*) Wolff überschreibt dieses wichtige Capitel in seiner Dissertatio: „*De Vegetatione languescente et evanescente sive de Formatione Fructificationis*". Die letzteren Worte sind in der Ausgabe von 1774 ausgelassen; sie enthalten aber eben genau den Begriff der von mir gebrauchten Ueberschrift, denn *Fructificatio* ist (in der damals herrschenden Linné'schen Terminologie) nicht Bezeichnung eines Vorgangs, sondern Collectivname für Blüthe und Frucht. Vergl. Linné *Phil. bot.* (Wien 1755) §§. 79, 86, 87.

**) *Nov. comm. acad. Petrop.*, XII, p. 407.

Weifskohlblatt. Indem er die Veränderungen der Bohnenblüthe schrittweise verfolgt, entdeckt er die frühere Anlage der fünf Kelchspitzen (§. 107), das später erst erfolgende Nachschieben ihrer zu einer Scheide verbundenen Basaltheile (§. 108), dasselbe höchst wichtige Verhältnifs an den Staubblättern, von denen zuerst die Anlagen zu den Antheren (§. 107), dann die freien Theile der Staubfäden (§. 108), zuletzt die aus der Verschmelzung ihrer Basaltheile gebildete Scheide (§. 112) auftritt; auch vom Stempel sieht er Narbe und Griffel eher erscheinen (§. 107 u. 108)*) als den Fruchtknoten mit den Eichen (§. 109 u. 111) und endlich die Anfänge der Krone hervorkommen „wie Blätter pflegen: gefäfslos, eben, glashell“ (§. 108), und nur ein Fehler hat sich in diese schöne Untersuchung eingeschlichen: Wolff übersah die allerfrühesten Anfänge der Kronenblätter, so dafs er diese für die zuletzt entstehenden Blüthenblätter hielt (§. 108)**).

Seine Forschung hat also noch nicht zu dem Gesetze geführt, dafs die concentrischen Kreise der Blüthentheile successiv von aufsen nach innen entstehen, wohl aber zu dem viel schwieriger erforschbaren und viel schwerer wiegenden Resultat: alle Blüthenorgane sind Blätter (232); denn von den Kronenblättern abgesehen, an deren Blattnatur er natürlich in keiner Weise zu zweifeln Veranlassung hatte (§§. 108 u. 116), hat er für alle andern Blüthenorgane das Basiswachsthum und somit für uns, die wir im Besitz des Gesetzes über das Axen- und Blattwachsthum uns befinden, die Blattnatur durch die allein beweiskräftige Methode der Entwicklungsgeschichte nachgewiesen. Ja ein zweites Fundamentalgesetz liegt in den einfachen Grundzügen seiner „Geschichte der Blüthe“ enthüllt und harrt nur noch des Ausspruchs: das Gesetz, dafs alle verwachsenen Blüthenorgane zuerst als unverwachsene auftauchen.

Noch nie freilich hat der vortreffliche Mann diese sicher verdiente Anerkennung gezollt bekommen. Selbst der, der sich in Würdigung seiner Verdienste am gerechtesten, in der Befolgung seiner Methode des Studiums der pflanzlichen Entwicklungsgeschichte am fruchtbarsten, überhaupt ihm am congenialsten gezeigt, Matthias Schleiden, reicht ihm, was seine Entdeckungen auf dem Gebiete der Blattmorphologie betrifft, nur mit den Worten die Verdienstkrone: er habe für den gröfsten Theil der Blattorgane die Identität „recht gut“ nachgewiesen***). Da im Obigen indessen Wolff selbst und keine für ihn leidenschaftlich erregte Begeisterung gesprochen hat, so erscheint jede weitere Beweisführung ebenso überflüssig wie eine ausführliche Widerlegung der bis jetzt vollständigsten Uebersicht über die Wolff'schen Theoreme bei Wigand, wo z. B. pag. 39 f. wörtlich zu lesen ist: die „Blattnatur“ der Krone sei bei Wolff „unerkannt“ geblieben†).

Hingedeutet mufs aber hier darauf werden, wie die ganz richtige Behauptung Wigand's: es finde eine Zurückführung sämmtlicher Organe auf die beiden Organsysteme von Stengel und Blatt in der *theoria generationis* nur „andeutungsweise“ statt, weit entfernt Wolff's Entdeckungen zu schmälern, sogar schon für die Arbeiten der nächsten Jahre, nämlich die deutsche Bearbeitung von 1764 und die akademische Schrift von 1767 nicht mehr pafst, und zwar wegen blofser

---

*) Er redet zwar §. 107 von einer „durchsichtigen Kugel“, §. 108 von einem „fast cylindrischen Körper“ „an Stelle des Pistills“, aber dafs er unter jenem wie diesem Gebilde nichts anderes als die Anlage zum Pistill selbst sich denkt, lehrt §. 109 und die Figur 21.

**) Dafs Wigand (a. O. pag. 36 Anm.) behauptet, dieser Irrthum beruhe „auf der Beobachtung, dafs die Staubfäden in der Ausbildung den *petalis* vorauseilen“, ist wohl selbst ein Irrthum, da Wolff zu wiederholten Malen von dem „überaus langsamen Wachsen“ nicht der Kronen- sondern gerade der Staubblätter (mit Unrecht) redet. Vergl. seine §§. 115, 122, 124.

***) Vergl. Schleiden's Aufsatz in Wiegmann's Archiv Bd. I, pag. 289.

†) Worauf Wigand's Vorwurf gegen W. (a. O. pag. 40) geht, dafs „einer bestimmten Anordnung der Blüthentheile, Wirtelstellung etc. in der ganzen Darstellung nicht gedacht“ sei, kann ich mir nicht recht erklären. Selbstverständlich liegt dem Physiologen, der seine Aufmerksamkeit auf die Art des Werdens concentrirt, um die Epigenesis „wie einen *rocher von bronce*“ gegenüber der Evolution aufzurichten, die morphologische Betrachtung des Gewordenen ferner; aber die Aufeinanderfolge der Blüthenblattkreise, also ihre Stellung zu einander ist ja gerade bei ihm Gegenstand mühsamer Untersuchungen, und bezeichnet nicht schon jede seiner einfachen Abbildungen der Knospenentwicklung ebenso wie der Gebrauch des Wortes „circumponirt“ (um den Stempel) die Wirtelstellung der Glieder des einzelnen Kreises für sich? Sogar die Beziehung der symmetrischen Form der Papilionaceenblüthe zu der alternirenden Stellung der Laubblätter wird ihm in der Anm. zu §. 16 Gegenstand einer (freilich durchaus nicht stichhaltigen) Combination.

Abklärung der Terminologie, die seit der Veröffentlichung der Dissertation bei ihm Fortschritte gemacht hatte. Allerdings deutete Wolff der Doctorand (wie in unserem Jahrhundert der ihn recht gut kennende, aber dabei nicht nennende Agardh*) die Staubblätter sehr künstlich als Knospen (§. 121), die in der Achsel der Kelchblätter entständen**), sprach sogar (§. 122) von einer Streckung derselben „wie es der Stengel pflegt", aber will man deshalb seine gerade für das Staubblatt am vollständigsten durchgeführte Entdeckung des durchaus blattartigen Hervorschiebens aus dem Stengel annulliren, zumal 1764 Wolff der Professor die Anthere in so richtigem Tact mit der Blattfläche, den Staubfaden mit dem Blattstiel wenigstens vergleicht (240), und 1767 Wolff der Akademiker die Staubblätter geradezu Blattmodificationen nennt (*Novi comm. acad. Petrop.* XII, pag. 406)? Wollte man so verfahren, so müfste man consequent ihm sogar die Anschauung des Kelchs als eines Blattgebildes absprechen, weil von seinem Scheidentheil wie von einem Stengelorgan geredet wird (§. 114), ja noch in der Einleitung zu der oft erwähnten akademischen Abhandlung p. 405 u. 406 immer vorsichtig nur von Kelchzipfeln gesprochen wird, wo ganze Kelchblätter gemeint sind, ebenda aber p. 404 sehr mit Recht bemerkt wird, es gehöre kein „*magnum ingenium*" dazu, um jeden Kelch als einen Verein von Blättern zu erkennen.

Es ist geradezu unhistorisch, von einem Forscher, der 1759 geschrieben hat, seine Entdeckungen in der selbstverständlich schärferen Terminologie unserer Zeit ausgesprochen zu verlangen. Wolff kennt einmal den tiefen Richtungsunterschied im Wachsthum von Stengel und Blatt nicht, er bezeichnet daher die Blätter ganz natürlich und mit derselben Berechtigung wie der Gärtner die Zweige als „Stengelschöfslinge" und begeht (nach §. 77) gar keinen Widerspruch, wenn er im §. 114 den Scheidentheil des Kelchs ein Stengelgebilde nennt und denselben soeben doch als die durch weitere Ernährung aus dem tragenden Stengelorgan hervorgedrängte Masse der als Blattspuren vorher in ihm enthaltenen Blattbasenausläufer erklärt, ja §. 108 ausdrücklich die Kelchzipfel und die Kelchscheide einander gleichartig (*aequales*) genannt hat. Allerdings ist dieses Schwanken im Ausdruck eine Folge von der zu stark betonten Correlation zwischen Stengel und Blatt, wodurch auf dem Sandpunkt der Dissertation, wie wir sahen, die Selbstständigkeit des Stengelorgans arg gefährdet wurde; aber vor der Beseitigung solcher Anschauungen trug es kaum etwas aus, wenn §. 39 die Fruchthülle ein Analogon des Laubblatts und später aus anderen Gründen einmal dieselbe Fruchthülle ein Analogon des Stengels (§. 136 Anm.) genannt wird; nicht auf die gebrauchten Worte, sondern auf die gefundenen Thatsachen kommt es an, und die bereits 1759 gefundene Blattnatur des Stempels, folglich auf seiner Auswachsung, der Fruchthülle, findet in den Schriften von 1764 und 67 ihren rückhaltlosen Ausdruck.

Was nun endlich die verfehlte Deutung des Staubblattes als Axillärknospe betrifft, so regt sich auch hier bei Wolff das Bewufstsein der Verschiedenheit von Staubblatt und Stengelorgan (= blattloser Knospe) schon in der Dissertation: im 3. Scholion zu §. 129 läfst er die wirkliche Identität des Staubblatts und zugleich der Fruchthülle mit einem Stengelorgan entschieden fallen mit der Bemerkung, dafs sie durch ihren geschlossenen (d. h. keine Blätter erzeugenden) „Vegetationspunkt" davon unterschieden seien — aber „auch nur hierdurch" fügt er hinzu, nicht bedenkend, dafs die Erzeugung von Blättern, wie er selbst bald es aussprach (196), eben der Charakter des Vegetationspunktes jedes Stengelorgans ist, so dafs er folgerichtig die beiderlei Blüthenorgane hätte für Wurzelgebilde halten müssen, wenn er sie nicht für Blätter ansehen wollte, wie er in unzweideutiger Weise es erst seit 1764 gethan hat.

Es würde nichts fruchten, den Untersuchungen nach dem Grund der Modification des Blattes zu den verschiedenen Blüthentheilen zu folgen, da selbst heute ein Mittel zu einer wirklichen physiologischen Erklärung der unsäglichen Mannigfaltigkeit in Formen und Farben der Blüthen noch nicht abzusehen ist, und da auch hierbei die Theorie von dem erhärtenden Vegetationspunkt des Blüthencentrums und dem damit zusammenhängenden Zurückstauen des Nahrungssaftes, der dann zwischen

---

*) Agardh. *Essai de réduire la physiologie végétale à des principes fondamentaux.* Lund 1828. pp. 11 u. 12.

**) Nicht in der Achsel der Kronenblätter, wie Schleiden noch in den „Grundzügen der wissenschaftlichen Botanik", II, p. 236 (der zweiten Aufl.) sagt, weshalb sein in dem angeführten Aufsatz des Wiegmann'schen Archivs entgegengehaltener Grund (es sei unmöglich, weil dann die Staubblätter nicht mit den Kronenblättern alterniren dürften) nicht stichhaltig ist.

Kelch- und Staubblättern die Krone erzeugt, nur zur Erklärung einer fehlerhaften Beobachtung dient. Ebenso wenig ersprieſslich wäre es, Wolff's Ansichten über die Anatomie des werdenden Samens und des darin beschlossenen Keimlings wiederzugeben, da für die exacte Begründung derselben seine Mittel doch nicht ausreichten.

Nur seine Stellung zu der Befruchtungslehre muſs noch markirt werden. Da erkennt er natürlich das männliche Princip im Blüthenstaub, um dessen Entstehungsgeschichte er sich abgemüht (§. 126 — 129), und in dem er endlich richtig lose Kügelchen erkennt, die von seiner „gewöhnlichen Zellsubstanz" (die ja keine Isolirung kennt) „kaum verschieden", eine gewisse Aehnlichkeit mit den mehr selbstständigen Zellen im weichen Fruchtfleisch z. B. der Aepfel habe (§. 129 Sch. 3). Diese Pollenkörner geben nun, nachdem auch im jugendlichsten Gebilde — den Eichen der Fruchtknotenhöhlung — ein todesähnlicher Stillstand eingetreten ist, den Anstoſs zum Wiederbeginn einer Vegetation; indem sie ihren Inhalt den Eichen, an die sie sich anschmiegen, mittheilen, wird in ihnen der Grund zur neuen Pflanze gelegt. Die Befruchtung ist also eine besondere Art der Ernährung, die von anſsen statt von innen erfolgt und der Polleninhalt eine Art besonders instimulirender Nahrung (§. 165). Endlich fällt die Frucht, der keine Säfte mehr zusteigen wollen, herab (§. 161), der Samen löst sich aus der Fruchthülle, und der Keim, der erst eine Zeit lang vom Inhalt der Samenlappen zehrt, sendet sein Würzelchen bald in den Boden, um selbstständig seine Nahrung fürder zu suchen (§. 164).

Wolff's Untersuchung verläſst den Kreis des Pflanzenlebens da, wo sie ihn anfangs betreten. Mit eindringendem Scharfblick und genialer Nüchternheit hat Wolff diese ewig kreisende Entwicklung verfolgt, und wenn die Geschichte gegen ihn die Objectivität üben will, wie er gegen die Pflanzen, die er untersuchte, so wird sie sagen müssen: Wolff war der Begründer der Epigenetik oder Entwicklungsgeschichte der Pflanzen, der Metamorphose derselben im höchsten Sinne des Worts. Den Namen der Metamorphose verwendet er wohl absichtlich nicht, denn im Sinne seiner Zeit war damit ein Vergleich der Pflanze mit dem Insect ausgesprochen, der schon lange die Lieblingsidee träumerischer Evolutionisten gewesen, der selbst Linné's sonst so scharf trennenden Verstand umnebelt hatte. Eine besonders charakteristische Fassung hatte diese analogisirende Spielerei in der am 3. Juni 1755 zu Upsala unter Linné's Vorsitz vertheidigten Dissertation*) in folgender Weise erhalten: Die grüne Raupenhaut der Pflanze platzt, mit dem Spitzenkragen des Kelchs bleibt sie aber an dem sich weiter enthäutenden Körper hängen, der nun aus der grünen Rindenschicht die weiche zur eleganten Verbreiterung geschickte Bastmasse als Blumenblätter hervorwachsen („vom Sauern roth, vom Bittern gelb, vom Süſsen weiſs"), die dann folgende dickere Haut des Holzcylinders sich zu Staubgefäſsen zerspalten und endlich als Pistill das geheimniſsvolle Innerste erscheinen läſst, das natürlich, als Mark des Lebens Centrum, nun auch das neue Leben in den Samen anlegen muſs. Die Wurmhaut ist als grüne Stengelrinde immer noch da, aber der Schmetterling schaut lustig heraus und prangt mit dem bunten Farbenschmelz seiner „Flügel von Blumenblättern". Zum Beweis loyalster Evolutionsgesinnung fügt der „Ostrogothe" Dahlberg dieser geistvollen Schilderung, an der Neuere wohl mit Unrecht dem groſsen Linnäus einen Löwenantheil zugestehen, noch hinzu: diese wie die Insecten-Metamorphose sei als saubere Häutung, nicht aber als Transsubstantiation zu verstehen, wie Ovid seine Metamorphosen schildere.

Da mochte Wolff, wenn er unter den Linden dem mit allegorischen Statuen reich verzierten Gebäude, auch der physiologisch-anatomischen Vorlesungen, zuschritt, auf den beiden Ecken des Risalits zur Linken die Stellung der Metamorphosis gegenüber der Mythologie**) sehr bezeichnend finden und kein Verlangen tragen, jener in seinem System ein Obdach zu bereiten. Wir aber erkennen erst solchem Treiben gegenüber, von dem Linné mit seiner Lehre von der Prolepsis doch auch nicht sehr fern war, Wolff's ganze Bedeutung, die nicht zum Geringsten in dem klaren Bewuſstsein liegt, daſs die Blüthen-

---

*) *Metamorphosis plantarum a Nicol. Dahlberg proposita* (in Linné's *Amoen. academ.* IV, p. 368 ff.).
**) Küster. Altes und Neues Berlin. III, p. 165.

entwicklung nur eine Entwicklung besonders gearteter Stengel- oder Blattorgane ist, also unter denselben Gesetzen verläuft, wie die ihr vorangehende „Vegetation", dafs mit anderen Worten die Lehre von der Pflanzenmetamorphose, wenn man darunter die Modificirung der Grundorgane (Stengel und Blatt) zu Blüthenorganen versteht, eine reifende Frucht der Generationstheorie der Pflanze überhaupt sein mufs. Als nachmals ein ordentlicher Professor der Botanik an der Universität zu Berlin *) es aussprach, dafs „die Metamorphose keineswegs das Princip des ganzen Pflanzenlebens" sei und mehr tapfer als verständig einen grimmen Fehdezug gegen die Metamorphosenlehre führte, so vergafs er dabei nicht — einmal den Namen Wolff's anzuführen; denn, wie Schleiden mit wohlbegründetem Sarcasmus sagt, „mit philologischer Gründlichkeit" pflegt man Wolff's Namen anzuführen, sobald man von Göthe's Vorgängern redet. Was aber hat selbst Schleiden's zum Sarcasmus der Nichtanerkennung gesteigerte Anerkennung gefruchtet? Unmittelbar darauf stellt Wigand den botanischen Theil von Wolff's Generationstheorie mit dem Resultate dar, dafs er „fast lauter Theoriesucht und Vorurtheil" **) enthalte, legitimirt also zur Freude aller derjenigen, welche die freilich oft recht schwierige Darstellung des jungen, mit seinen Ideen noch ringenden Forschers nicht studiren mögen, sein Begraben in ewige Vergessenheit, so dafs ganz natürlich die nach Schleiden's classischen „Grundzügen" erschienene vollständigste Encyklopädie der wissenschaftlichen Botanik nur das Gerücht von einem Philosophen (?) Wolff bringt, der „einige in die Metamorphosenlehre einschlagende Bemerkungen" in einem gewissen alten Buche niedergelegt habe***), und dafs sonst die Geschichte schweigt.

Wenigstens die Stadt Berlin sollte es nicht vergessen, der Ort gewesen zu sein, an dem das erste rationelle System der Pflanzenentwicklung vorgetragen wurde, und sollte sich nicht den grofsen Mann, den ihr im Leben die mächtige Kaiserin des Nordens entführt hat, zum zweiten Mal rauben lassen aus der Ruhmeshalle ihrer Geschichte.

II. Göthe.

Was verdankt nicht die deutsche Nation, ja die moderne Bildung ins gesamt dem Freundschaftsbund, den die beiden Heroen der Dichtung 1794 schlossen? Dafs Göthe's Idee von der Pflanzenmetamorphose hierzu Veranlassung wurde, müfste allein schon dieser Idee eine culturgeschichtliche Bedeutung geben.

Die Newa barg sich noch unter dickem Eis, im eisigen Erdreich ihrer Ufer — während daheim in Deutschland schon die Schneeglöckchen zu blühen sich anschickten — hatte man jüngst den Physiologen von Berlin bestattet; da lenkte in Jena eine lebendige Vertheidigung botanischer Ansichten den Schritt Göthe's zum ersten Mal über die Schwelle von Schiller's Hause. Der Austausch von Urtheilen über einen Vortrag des botanischen Professors Batsch in der naturforschenden Gesellschaft, dem beide soeben beigewohnt, hatte sie zusammengeführt; und, die bisher fremd, fast abstofsend einander gegenübergestanden, sitzen alsbald in eindringender Discussion ihrer beiderseitigen so verschiedenartigen Naturanschauung bei einer Zeichnung, die Göthe entworfen, um Schiller seine Idee von der Pflanzenmetamorphose klar zu machen. Den Blick auf das Bild dieser „Urpflanze" gerichtet, wie Göthe so gern das ihm vorschwebende Ideenbild der Pflanze nannte, lernten beide einander als zusammengehörige Geister kennen. In bedeutsamer Erinnerung an diese Stunde, die vor dem Geheimnifs der organischen Natur ihre Seelen verschmolz, blieb die Morphologie auch fernerhin ein einendes Band zwischen den Freunden: Schiller drückt seine Freude aus, wenn ihm Göthe brieflich seine morphologischen Entdeckungen mittheilt, und dieser erkennt ausdrücklich den günstigen Einflufs an, den Schiller auf seine Naturbetrachtung übte.

*) C. H. Schultz. Die Anaphytose oder Verjüngung der Pflanzen. Berlin 1843.
**) Wigand a. a. O. p. 47.
***) Willkomm. Wissenschaftliche Botanik. I, p. 312.

Ohne von Wolff eine Ahnung zu haben, den er erst später als „trefflichen Vorarbeiter" kennen lernte, hatte Göthe in Mitten der Pflanzenpracht Siciliens und Campaniens durch unablässige Beobachtung seine auf Thüringens Auen begonnenen Studien zur Entdeckung allgemeiner Gestaltungsgesetze des pflanzlichen Organismus wesentlich gefördert. Nicht nur Tasso und Iphigenie, auch den „Versuch die Metamorphose der Pflanzen zu erklären" verdankte Göthe seinem Weilen unter italischem Himmel; und nicht weniger weht auch in diesem prosaischen „Versuch" der classische Geist künstlerischer Formung wie in jenen herrlichen Dichtungswerken. Es war ihm bis an sein Lebensende eins der liebsten von all seinen Kindern geistiger Arbeit. Ja er sagt sogar: als er der Metamorphose der Pflanzen nachgeforscht, habe er die schönsten Augenblicke seines Lebens genossen[*]).

Es ist keine Frage, daß man Göthe von einer besonders liebenswürdigen und bedeutungsvollen Seite kennen zu lernen versäumt, wenn man ihn nicht als Botaniker kennen lernte. Aber während seine zoologischen Forschungen an Rudolf Virchow einen so ausgezeichneten Darsteller und Interpreten gefunden haben[**]), sind seine botanischen Forschungen in ihrer Totalität noch nie Gegenstand einer besonderen Arbeit gewesen, obgleich Göthe selbst gerade sie, unter dem bescheidenen Namen seines „botanischen Studiums", einer so einzig schönen Skizzirung würdigte[***]). Diesmal soll auch uns nur der erwähnte „Versuch" beschäftigen, dessen Inhalt freilich eine Centralstellung zu Göthe's übrigen Arbeiten auf dem Gebiete der organischen Naturwissenschaft einnimmt, wie er es selbst mit den ewig wahr bleibenden Worten gesagt hat: „Wenn ein organisches Wesen in die Erscheinung hervortritt, ist Einheit und Freiheit des Bildungstriebes ohne den Begriff der Metamorphose nicht zu fassen". Ihm ist natürlich die Metamorphose der Pflanze auch nicht mehr der tolle Mummenschanz, wie ihn alchymistenhaft die Aelteren wahnvoll bestaunt hatten; — ihm ist sie das geheimnißvolle Wandeln der Pflanzengestalt von der Periode des Keimens stufenweise empor durch die Region der grünen Blätter in die der bunteren bis zur Bereitung des neuen Keims in der Frucht, eine Wandelung, die bei jeder Pflanzenart anders, doch das künstlerische Princip der Einheit in der Mannigfaltigkeit überall befolgt. Der Name Pflanzenmetamorphose in diesem nun längst ausschließlich waltenden Sinne stammt allein von Göthe; daß er aber gerade diesen Namen seinem Begriff von der Sache gab, müßte allein schon dafür sprechen, daß er Linné's Ideen über die Metamorphose kannte, wie sich das bei seinem fleißigen Studium Linné's erwarten läßt und von ihm selbst ganz im Einzelnen bezeugt wird (§. 107—111)[†]). Agardh ergeht sich in einer mehr als überflüssigen Emphase, wenn er verkündigt: *„Il paraît, que Göthe a fait sa découverte, sans connaître, que Linné l'avait faite avant lui, et qu'ainsi nous devons cette belle observation aux deux génies les plus brillans de la Suède et de l'Allemagne"* [††]). Nicht Schweden, sondern Deutschland ist die Heimath dieser Idee, wo sie trotz, aber nicht neben der Linné'schen Idee Göthe's treuem Naturblick wie 30 Jahre früher Wolff's genialem Scharfblick sich offenbarte. Wir müssen Einsicht in die Linné'sche Lehre zu gewinnen suchen, um zu begreifen, wie sehr sie durch unbewiesene Behauptungen und unklare Begriffe mehr verwirren als leiten konnte[†††]).

Linné hatte in seinem berühmten *Systema naturae* (Ed. XII, Tom. II, p. 9) den Ausspruch gethan: „Indem der Baum eine Blüthe hervorbringt, anticipirt die Natur die Schößlinge (*progenies*) von 5 Jahren, die nun auf einmal hervorbrechen: so bilden sich aus den Knospenblättern des zukünftigen

---

[*]) Göthe. Zur Morphologie. I, p. 90.

[**]) R. Virchow. Göthe als Naturforscher. Berlin 1861. Der ebenfalls im Saale der Singakademie zu Berlin über „Göthe's Verhältniß zu den organischen Naturwissenschaften" gehaltene Vortrag von Oscar Schmidt (damals Prof. in Jena), der unter diesem Titel 1853 im Druck erschien, enthält dagegen nach der eigenen Vorausbemerkung des Verfassers (p. 4) nichts Neues.

[***]) Mit vollem Recht sagt Auguste de Saint-Hilaire von dieser Skizze: *Ce morceau a presque le charme des Confessions de Rousseau, et il est toujours plus pur et plus instructif.* Dabei erinnert man sich gern des Geständnisses von Rousseau: *Tant que j'herborise, je ne suis pas malheureux!*

[†]) Von nun an deuten die Paragraphenziffern ohne weiteren Zusatz auf Göthe's „Versuch die Metamorphose der Pflanzen zu erklären". (Gotha 1790.)

[††]) Agardh. *Essai de réduire la physiologie végétale à des principes fondamentaux.* p. 19 f.

[†††]) Schleiden hat in den Grundzügen (II, p. 236) schon eine kurze sehr zutreffende Kritik gegeben.

Jahres die Deckblätter (*Bracteae*), aus denen des folgenden der Kelch, aus denen des drittfolgenden die Krone, aus denen des viertfolgenden die Staubgefäße, aus denen des fünften der Stempel, gefüllt mit dem körnigen Mark der Samen, dem Ziele des Pflanzenlebens". Darin ist die durch seine Schüler weiter entwickelte Lehre von der „Vorwegnahme" (*Prolepsis*) kurz zusammengefaßt. Aus dem für alle jene Gebilde von Linné gemeinsam gebrauchten Ausdruck „Triebe" oder „Schöfslinge" (*progenies*) machte man (zumal ja Linné selbst sie als verfrühte Laubblätter gedeutet) „Blätter", womit freilich im Ganzen das Richtige gesagt (nämlich gerathen), aber doch wahrlich nicht als solches bewiesen war. Wenn wir Wolff seinen ganz ähnlichen Ausdruck *Propulsiones* bei den Blüthenorganen erst nur vorsichtig und nur theilweise mit dem Wort Blatt vertauschen sehen, nachdem er doch die entscheidenden Entdeckungen für ihre Deutung als Blätter gemacht, so gingen die Linnäaner umgekehrt zu Werke: sie nannten schlechtweg Blätter, was aus dem Stengel hervorwuchs und nicht geradezu ein Zweig oder ein Wurzelsprofs war, wufsten jedoch zu dem schönen Namen wenig mehr als falsche Beobachtungen oder doch falsche Schlüsse aus richtigen Beobachtungen hinzuzufügen. Die ganze Zurückführung der Blüthenblattkreise auf ebensoviel einander einschliefsende Cylinder, die den Stengel zusammensetzen, ist identisch mit der in der oben mitgetheilten Dahlberg'schen Theorie der Pflanzenmetamorphose, natürlich ohne durch etwas anderes gehalten zu werden als höchstens durch die gleichartige Oberhautbildung des „aus der Rinde gebildeten" Kelchs und des Stengels; auch der heitere Beweis, dafs die Staubgefäße Holzgebilde seien, weil doch das Holz so leicht in ähnlich feine Fasern spaltbar sei, kehrt wieder, ebenso wie die Versicherung, dafs der Stempel, dieser Begründer so vielen neuen Lebens, ein Markgebilde sein müsse, da „in der Marksubstanz das Leben der Pflanzen bestehe[*]".

Neu aber ist das Folgende. Die Zukunft der Pflanze liegt in ihren Knospen; wie diese selbst in der Achsel eines Blattes entstanden, so birgt jedes ihrer Blätter wieder je eine Knospe, diese hat wieder so viel Knospen als Blätter und so entweder in *infinitum*, oder (der Theorie wegen) lieber nur bis zur fünften oder sechsten Einschachtelung. Das mufs Jedem, der es hört, furchtbar complicirt vorkommen, aber — um so besser: dann verlangt er nicht, dafs man ihm das alles bis zur letzten Einschachtelung vor Augen führen soll. Dahlberg hatte sich doch noch würdiger verhalten und gesagt: die Entwirrung bis zum Erkennen des Einfachsten zu lösen sei alleiniges Vorrecht der Gottheit[**]); jetzt aber war man dreister geworden und behauptete wie ein Taschenspieler: „Was wir mit den Augen sehen, das müssen wir doch für wahr halten — dafs nämlich im Samen selbst die winzige Anlage der neuen Pflanze verborgen ist mit ihren Blattknospen, die nothwendiger Weise wieder Knospen und Knöspchen in sich haben"[***]), hatte sich der aufmerksame Zuhörer evolutionszahm zu diesem Glauben verstanden, so gewährte man ihm zur wahren Herzenserleichterung auch die Belohnung, dafs er sich jene in einander geschachtelten Knospen gar nicht als Knospeu zu denken brauche (dann freilich wären sie alle mit unzähligen Tausenden von Blattorganen ausgestattete Knospen!) sondern — als einfache Blätter. Wohl hiefs es noch einmal am Ende der halsbrechenden Entwicklung: „Die Grundlage der ganzen Sache ist die, dafs sich die Pflanzen fast in derselben Weise verhalten wie der Wurm *Volvox globator*" †), womit man grausam genug abermals auf die Einschachtelungen anspielte, die dieses Infusionsthier wirklich durch Systeme in einander geschachtelter Generationen mehrfacher Grade zeigt; im Grunde jedoch meinte man trotzdem weiter gar nichts als Blätter. Aber warum nannte man sie dann in aller Welt Knospen? — Nur um sie reihenweise als für verschiedene Jahre bestimmt charakterisiren zu können. Man denke sich also zunächst Laubblättchen, die in der Knospe eng an einander gerückt sind, so dafs z. B. an der Spitze der Knospe einige nahezu einen Kreis bilden; jedes erzeugt in seiner Achsel eine für einen folgenden Jahrgang erst berechnete Knospe oder vielmehr ein solches Blatt, also gibt es zusammen dann eben so viel Pseudo-Knospen (= Blättchen) als in jenem Kreis Laubblättchen standen, wir wollen sagen: fünf; jedes derselben erzeugt abermals eine Achselknospe oder vielmehr ein Achsel-

---

[*] Linné. *Amoenitates academicae.* VI, p. 325.
[**] Ib. IV, p. 371.
[***] Ib. VI, p. 340.
†) Ib. VI, p. 341.

blatt und so fort bis zum fünften Grade; so wird schliefslich an unserer Knospenspitze ein Kegelaufsatz von 6 × 5 Blättern entstanden sein müssen, von denen der äufserste Kreis die ältesten 5 Blätter enthält. Dafs sich nun diese einander deckenden Kreise nicht wie sonst im Laufe desselben Jahres kurz nach einander entwickeln, hat seinen Grund in ihrer ganz mysteriösen Knospennatur, der zufolge jeder Kreis das Jahr seiner eigentlichen Bestimmung zu erwarten hätte. Nur unter ganz besonderen Umständen erscheinen alle Kreise in demselben Jahre kurz nach einander und zwar nach dem 1. Kreis, der die Laubblätter gibt, wächst der 2. zu Deck-, der 3. zu Kelch-, der 4. zu Kronen-, der 5. zu Staub-, der 6. zu Fruchtblättern aus — und man hat nun sogar eine doppelte Möglichkeit: die gegen den 1. Kreis so verschiedene Natur der folgenden Kreise entweder von der auf so ganz verschiedene Jahrgänge lautenden Bestimmung abzuleiten (wie das namentlich für die drei äufseren, alle drei aus „Rindensubstanz" gebildeten Kreise nöthig erscheinen würde), oder (für die Kreise 4—6) wenigstens daneben auch den ganz verschiedenen, wenn auch nur erträumten, Ursprung aus Bast, Holz und Mark heranzuziehen.

Jedes consequente Ausdenken der mehr als kühnen Theorie führt also zu nothwendiger Weise gleichzähligen Blüthenblattkreisen, was so selten, ferner zur Leugnung jedes Alternirens der Glieder auf einander folgender Kreise, was aber gerade die Regel ist, endlich zu der rein unbeweisbaren Annahme von einer stets gleichen Anzahl der Kelchblätter und Bracteen, welche letzteren man sich durch späteres Auswachsen der minutiösen, ihre auch ursprünglich nicht völlig gleiche Höhe bedingenden Stengelglieder ebenso später von einander gerückt denken müfste wie die Laubblätter, die das Ganze früher deckten — so wenigstens könnte man sich noch die Wirtelstellung der Blüthenblätter erklären bei wenigstens später nicht mehr vorhandener Wirtelstellung der Laubblätter, indessen auch nur die ungefähre, nicht die genaue Wirtelstellung, wie denn auch wohlweislich z. B. die Kelchbildung beschrieben wird*) als wären es nur „dicht genäherte" Blätter (d. h. also wohl: „beinahe" auf gleicher Höhe stehende Blätter), die bei dem geringer werdenden Nahrungszuflufs (denn „das Mark eilt seinem Zielpunkt entgegen" nämlich der Bildung des Stempels) nicht mehr von einander gerückt werden.

Einzig das führte man als wirkliche Erfahrung zur Stütze einer solchen Theorie, dafs die Blüthenblattkreise Anticipationen ebensovieler Blattjahrgänge seien, an: ein Baum, vollauf genährt, verzweigte sich fort und fort ohne zu blühen, in ein engeres Gefäfs aber versetzt und mit weniger Nahrung versehen, trieb er Blüthen. Daraus schlofs man, dafs die sämtlichen Zukunftsknospen, die ohne jedweden Beweis als für 5 Jahre im Voraus gebildet angenommen wurden, ihre Blättchen alle auf einmal, aber zu Blüthenblättchen verwandelt, entwickelt hätten **). Nur um überhaupt das Vorhandensein von Knospen für ein künftiges Jahr zu beweisen, führte man auch häufig verschiedene Zwiebelgewächse an, vermochte aber natürlich mit dem Nachweis von bereits bis zum Stempel angelegten Blüthenorganen in derartigen Knospen innerhalb der Zwiebel***) die Natur dieser Blüthenorgane als eigentlich für viele Jahrgänge bestimmter Laubblätter noch viel weniger zu beweisen als mit jener Beobachtung an dem Baume †).

Wenn die Schüler Linné's ein solches mit so wenigen thatsächlichen Zuthaten bereichertes Hirngespinnst „die scharfsinnigste aller Entdeckungen, die von Naturforschern in unserm Zeitalter gerühmt werden können", nannten, wie Ferber (l. c. p. 366) es thut, so klingt darin die blinde Verehrung ihres

---

*) Ib.   VI, p. 333.

**) Ib.   VI, p. 328.

***) Ib.   VI, p. 375.

†) Dies Beispiel mit dem Baume wird ausdrücklich, wie Göthe ganz richtig erkannte, als am besten passend zu Grunde gelegt in der Ullmark'schen Dissertation (vergl. deren §. 11). Ueberhaupt aber mufs ich hier bemerken, dafs diese am 22. Dec. 1760 zu Upsala discutirte Arbeit von Ullmark (l. c. p. 324 ff.) die ausführlichste und ursprünglichere Auseinandersetzung enthält, während die von Ferber (vom 12. Juni 1763) mehr widerholender Art ist (l. c. p. 365 ff.). Beide Dissertationen und die von Dahlberg wie Werke von Linné selbst anzusehen, bin ich nicht im Stande: die Verfasser erzählen ja bisweilen aus ihrem Leben, von ihrem Studiengang, nennen Linné's Sohn „nobilissimus D. Professor" (l. c. p. 383), geben von Dingen, die Linné besser kannte, ganz verwirrte Erklärungen, z. B. Ullmark von den Compositenblüthen (p. 338), von denen er gesteht, keine Staubgefäfse zu kennen, weshalb er es so mit der Deutung der ganzen Sammelblüthe einrichtet, dafs die Kronenblätter die Stelle des vorletzten, der Pappus die Stelle des drittletzten, die Spreublättchen (als Kelch?!) die Stelle des viertletzten Jahrganges vertreten müssen.

Lehrers durch, von dem die Prolepsis ihnen gelehrt war; wenn aber Neuere diesen Linné'schen Standpunkt für „im Wesentlichen" durch Göthe gar nicht überwunden gehalten, ja ihr sogar dem Göthe'schen vorgezogen haben, Agardh noch obendrein, wie wir sehen, seiner schwedischen Nation mit dieser „belle observation" einen besonderen Ruhmestitel beilegen wollte, so lag darin eine arge Verblendung, die glücklicher Weise keine Dauer gehabt hat*).

Für uns war es nur wichtig die seltsame Theorie kennen zu lernen, um es ganz zu würdigen, wie Göthe ohne Voreingenommenheit für den doch auch von ihm hoch geachteten Meister durch das trübe Gewölk, das vollends dessen Schüler um die edle Gestalt der Pflanze zusammengetrieben, den ungeschwächten Blick in die Tiefen der Pflanzennatur versenkte, frei von jedem Vorurtheil einer Schule, deren Hauptirrthümer auf dem Gebiete der Pflanzenmetamorphose er in den angeführten §§. 107—111 ebenso klar als milde aufdeckte. Wufste er's doch, wie's bei engherzig zünftigen Gelehrten oft hergeht, von denen er einmal sagt: „Es ist ihnen selten um den lebendigen Begriff der Sache zu thun, sondern um das, was man davon gesagt hat". Ihm selbst war dagegen die liebevoll innige Hingabe an den Gegenstand seiner Beobachtung angeboren, sein Denkvermögen war ein im eminenten Sinne „gegenständlich thätiges", wie der Arzt Heinroth in seiner Anthropologie so bezeichnend es genannt hatte. Und das bewies er gerade Angesichts der Anticipations-Theorie an der Pflanze.

Man wird die Bedeutung des grofsen Kurfürsten für die Geschichte Preufsens und somit auch Deutschlands nie in ihrer ganzen Gröfse würdigen, wenn man nicht eingesehen hat, wie sein Vorgänger Georg Wilhelm das bittre Wort Gustav Adolf's verdiente: *Qui se fait brebis, le loup le mange!* Man kann ebenso Göthe's Verdienste um die Pflanzenmorphologie erst auf dem trüben Hintergrund der evolutionistischen Lehre von der Prolepsis in vollem Glanze leuchten sehen.

Analyse und Kritik des „Versuchs".

Ein Franzose hat Göthe's so anspruchslos auftretende Schrift zu der kleinen Anzahl derjenigen gerechnet „die nicht nur ihre Urheber unsterblich machen, sondern die selbst unsterblich sind". Denn selbst in den Wissenschaften, sagt er an einer anderen Stelle, gibt es Bücher, die ewig jung bleiben: diejenigen nämlich „wo die Reize des Stils und die Ursprünglichkeit des Ausdrucks sich hinzugesellen zu der Gröfse der Gedanken und zu der Tiefe der Beobachtungen **)".

Aus einer so allgemein bei uns verbreiteten Schrift einen Auszug geben zu wollen, wäre zumal bei der gedrängten Kürze derselben und der damit verbundenen Uebersichtlichkeit nicht nur im besten Falle unnütz, sondern in jedem Falle schädlich, da ein Auszug zugleich ein Abzug des schönen Gewandes der Form wäre, die hier in so reizender Natürlichkeit der tiefgedachten und doch so klaren Idee sich anschmiegt. Diese Idee selbst soll uns vielmehr beschäftigen — denn eine Idee im platonischen Sinne liegt bei Göthe mehr vor als bei Wolff. Während Wolff mit unermüdlicher Ausdauer und mikroskopischem Scharfblick dem Werden ohne einen anderen Zweck als den der wahrheitsgemäfsen Auffassung des Einzelnen folgt, ja, wie er es einmal (in der Anmerkung zu §. 116 seines Hauptwerks) so charakteristisch ausspricht, es gar nicht für nöthig erachtet zur Abstraction eines allumfassenden Bildes organischer Entwicklung („summum genus") vorzudringen, sondern lieber „sich zu begnügen, wenn wenigstens die einzelnen Vorgänge in voller Natürlichkeit erklärt werden" — wohnt Göthe's Forschungen die edelste aller Leidenschaften inne: von der wirren Mannigfaltigkeit der Erscheinungen zum allumfassenden Gesetze, von der Vielheit der Pflanzenbilder zum Urbilde, zur Idee der Pflanze vorzudringen, sich in der Anschauung der Einheit in der Mannigfaltigkeit die heifse Stirn zu kühlen, was der letzte Wunsch des Denkers ebenso als des Künstlers ewig sein wird — und, wenn irgend wo, sind ja eben in Göthe's Entwicklung unserer Idee Forschung und Dichtung eins.

---

*) Schultz (Anaphytose p. 14) nennt als seinen Partisan in der Geringschätzung der Göthe'schen Theorie Professor Link, citirt auch ganz flott zum Belag dessen *Philos. botan.* p. 16, die hiervon gar nichts sagt, während p. 244 die Worte zu lesen sind: „*Metamorphosin plantarum optime Göthe exposuit*". Gerade Link macht entschieden Front gegen Linné's Prolepsis.

**) Auguste de St. Hilaire in den *Comptes rendus de l'Acad. des sciences.* VII, p. 436 u. 437.

Wie Schleiden der gerechteste Urtheiler über Wolff, so scheint es für Göthe's botanische Verdienste Alexander Braun zu sein in dem gedankenreichen Werke „über die Verjüngung in der Natur". Hier allein findet sich (p. 64) die Wahrnehmung ausgesprochen, dafs Göthe's Verdienst in der tiefsinnigen Auffassung der Metamorphose als einer nicht blofs äufserlichen Wandelung sondern eines innerlichen Lebensprincips besteht. In der That steht Göthe's Arbeit vor unseren Augen wie ein Epos des Werdens der höheren Gewächse, über dem der belebende Hauch der genialsten Naturauffassung waltet. In polarem Gegensatz zu der kümmerlichen Verehrung einer in die Natur von beschränkten menschlichen Geistern hineingetragenen äufserlichen Zweckmäfsigkeit, sieht Göthe, hierin dem grofsen Leibnitz congenial, in der Entwicklung des Organismus die Erfüllung des jedem Einzelwesen gleichsam vorschwebenden Zweckes; die Pflanze ist ihm eine Entelechie, eine Monade, um mit Leibnitz zu reden. Der Endzweck der Pflanze ist kein anderer als die Erzeugung ihres Gleichen, die eigne Verjüngung in einer jüngern Generation; und eine stete Verjüngung ist es auch, die zu diesem Ziel alles Naturlebens den schönsten Weg durch immer neue, immer reizvollere Gestalten hinanführt. Denn stufenweise schafft die Pflanze dem ewigen Ziele entgegen, ihr Leben ist eine stete Rüstung zu den Werken der Liebe, wie es Göthe in fast homerischer Sprache genannt hat (§. 7). „Zu jenem Gipfel der Natur, der Fortpflanzung durch zwei Geschlechter" (§. 6) führt eine stetige Formverwandlung der beiden Grundorgane, auf die alle Wunderbauten von Flora's Hand zurückgehen: eine Metamorphose von Stengel und Blatt (§. 114 u. 115). Ein Stengelglied mit einem oder mehreren Blättern, die es trägt, ist also das einfachste morphologische Element des Pflanzenkörpers, dessen Gestaltungsprocefs sich in so viel Perioden theilt als er Stengelglieder zwischen Blättern verschiedener Höhe hervorbringt. Was an Schultz' nachmals so gespreizt vorgetragener Lehre von der „Anaphytose" Naturwahres ist, das ist also eine üble Waffe gegen Göthe, der längst vor der wenig beneidenswerthen Erfindung des Worts „Anaphyton" die demselben zu Grunde liegende Wahrnehmung gemacht hatte. Ja er begreift sogar die gesamte Entwicklung der Pflanze als eine „Fortpflanzung" d. h. als ein stetes Hervorbringen eines solchen Elementargliedes aus einem anderen, älteren (§. 113), mithin als Anaphytose; nur dafs diese Fortpflanzung zuerst allmählich („successiv") erfolgt in der Periode der Vegetation i. e. S., wo sich die Laubblätter bilden, — das nennt er „Sprossen" — und sodann plötzlich dem Ziele zueilend in schnellster Aufeinanderfolge („simultan") die eng gedrängten Blattkreise der Blüthe mit den unentwickelten Stengelgliedern angelegt werden, was er noch mit Linné'schem Ausdruck Bildung der Fortpflanzung (d. h. Blüthen- und Fruchtbildung) nennt (§. 113). Demnach ist das Pflanzenleben ein in verschiedener Schnelligkeit erfolgender Wachsthumsprocefs, der aber stets die nämlichen Organe erzeugt: Stengel und Blatt. Jedoch nicht im Sinne von Hegel's „schlechter Unendlichkeit" ist es ein pendelartiges Wiederbringen des Gleichen in der nämlichen Form, vielmehr ein Ersteigen immer höherer Stufen, nicht nur dem Raume, sondern auch der Art nach (§. 115). Göthe sucht (§. 120) nach einem Ausdruck für dasjenige Organ, das bei dieser Stufenfolge sich besonders merkwürdig metamorphosirt: für das Blatt. Keinen besonderen Namen, sondern eben den allgemeinen „Blattorgan" oder den Wolff'schen „Anhangsorgan" hat ihm die neuere Wissenschaft gegeben. Göthe's Verdienst aber bleibt es für alle Zeiten diesen Proteus der Pflanzenbildung von der Form des Keimblatts bis zu der des Fruchtblattes *) sinnig gedeutet zu haben als eine eben nur formelle Wandelung, die einen dem sie belebenden Genius vorschwebenden Typus nicht je länger je mehr verkümmern liefs (wie Wolff meinte), sondern nur neue Formen die im Dienste der ganzen Entwicklung geforderten anderen Functionen begleiten liefs.

---

*) Dafs in der französischen Uebersetzung von Martins dieser Ausdruck (*carpelle*) gebraucht ist, tadelt Auguste de St. Hilaire a. O. mit Unrecht: Göthe'n war der Begriff des Fruchtblattes, auch ohne es so zu nennen, ganz gegenwärtig, wie aus §. 78 hervorgeht, und Martins konnte gar nicht, wie St. Hilaire vorschlägt, Fruchtblätter mit *enveloppes des ovules* übersetzen, da dies eine Verwechslung mit den eigentlichen Samen-Integumenten (*enveloppes de la graine*) in §. 82 ff. ergeben hätte. Es bedeutet ja ganz dasselbe, schliefst sich nur wörtlicher an den deutschen Text an, wenn der erste Uebersetzer von Göthe's Pflanzenmetamorphose in §. 78 statt *chacun des carpelles* sagt: *chacune des parties qui la* (*capsule*) *composent*. Dieser erste Uebersetzer war der würdige Frédéric de Gingins-Lassaraz, der, obwohl seit seinem 12. Jahre taub, doch durch blofses Verfolgen der Lippenbewegungen des Anderen sich in vier Sprachen unterhalten konnte; seine Uebersetzung ist 1829 in Genf erschienen.

Dies offenbar ist Göthe's Meinung, wenn er den stufenweisen Fortschritt vergleichungsweise „eine geistige Leiter" (§. 6) nennt.

Alexander Braun, der die tiefsinnige Bedeutung der „geistigen Leiter" als Rahmen für die fortschrittliche Darbildung der beiden Grundorgane ausdrücklich anerkennt, thut gewiß Göthe'n Unrecht, wenn er ihm die Ansicht unterschiebt, es geschehe dabei eine materielle Umwandlung einer Art der Blattorgane in eine andere*). Nichts als der sehr allgemein gehaltene Wortlaut des einleitenden §. 1 spricht dafür, der im Ganzen der Schrift ausgesprochene Geist dagegen. In §. 6 wird ganz unzweideutig die Metamorphose als eine „Umwandlung der Gestalt" bezeichnet. Und die fabelhafte Idee, daß etwa ein Kelchblatt erst die Gestalt eines Laubblattes hatte und sich dann in ein Kelchblatt so zu sagen verkappte, lag dem von klarem Anschauen der Wirklichkeit hier wie überall ausgehenden Göthe völlig fern. Nur der Umstand, daß er nach dem allgemeinen Ausdruck „Blattorgan" vergeblich sucht (Inhalt des interessanten §. 120), bringt bisweilen einen trügerischen Schein in seine Worte, nie in seine Gedanken. Wenn es §. 35 fast dramatisch heißt, die Stengelblätter schlichen sich oft „gleichsam sachte" (durch ganz allmähliche Zusammenziehung) in den Kreis des Kelches hinein, so ist das doch selbstverständlich nur ein schönes Bild für den nüchterner so lautenden Satz: „das Blattorgan nimmt in der Laubblattregion oft in so allmählichem Uebergang in seiner Ausdehnung ab, daß die letzten Laubblätter fast schon völlig die Gestalt der Kelchblätter haben" — wo das Wort „Uebergang" eigentlich schon in derselben Weise bildlich redet. Göthe lehrt nirgends die Verwandlung eines Blattes, das zuerst der Blattart A angehört hat, in die Natur der Blattart B. sondern allein die Potenzirung des Grundtypus vom Niederblatt zum Laubblatt und so fort durch die Hochblätter in die Blüthenblätter, die er als von anderer Bedeutung für das Pflanzenleben und, zusammenhängend hiermit, von anderer Schnelligkeit der Aufeinanderfolge und anderer Form, aber doch als im Wesen Eins erkennt mit allen übrigen Blattorganen. Und mit dieser Erkenntniß war etwas Großes für die Wissenschaft geschehen: es war ein Monismus an Stelle jenes Dualismus gesetzt, der bisher von der Linné'schen Schule so fest gehalten worden, daß des Meisters sibyllinisches „Mysterium, wodurch sich die Larve des Krauts in die Deutlichkeit der Blüthe verwandelt"**), nämlich die Prolepsis-Theorie, die Wissenschaft zu versteinern und auf dem kindlichen Standpunkt fest zu bannen drohte, den Plinius in das von Linné gern wiederholte Wort kleidete: „die Blüthe ist der Pflanzen Freude".

Völlig verkannt wurde Göthe's Metamorphosenlehre von einem ihrer begeistertsten Vertheidiger: von Ernst Meyer, der Turpin's Ausspruch buchstäblich auf sie anwandte: *Les organes, qui composent le végétal le plus compliqué, se reduisent à n'être plus qu'une feuille universelle.* „Göthe selbst", setzt er hinzu, „hätte das zum Motto wählen können, so genau stimmt es mit dem Kern seiner Lehre überein"***). Meyer sah eben mit den Augen der Liebe zu seiner eigenen Theorie über das Aufgehen von allen Stengel- und selbst Wurzelorganen im Begriff des Blattes auf Göthe's Pflanzenmetamorphose, und die Liebe machte ihn blind. Nicht in seiner, wohl aber in der wahrheitsgemäßen Auffassung dürfen wir in die von ihm selbst am Eingang seiner warmen Vertheidigung des damals soeben heimgegangenen Göthe gebrauchten Worte einstimmen: Wie in der Natur die Metamorphose von Ewigkeit her gewesen, so wird in der Wissenschaft ewig bleiben Göthe's Lehre von der Metamorphose.

Als Göthe nachmals von Wolff's Entdeckungen Kenntniß erhielt, trat er mit der ihm eigenen Großherzigkeit gern den Ruhm der Priorität an den Physiologen von Berlin ab, jedoch eines wenigstens nahm er für seinen eignen Ruhm in Anspruch, worauf unsre Darstellung noch nicht genauer eingegangen ist. Er hatte nämlich bei aufmerksamer Betrachtung der Formenveränderung des Blattes eine dreimalige Ausdehnung und eine dreimalige Zusammenziehung wahrgenommen, die der Blatttypus bei seiner Mani-

---

*) A. Braun. Verjüngung in der Natur. p. 64. Umgekehrt meint Lewes (*Life of Göthe.* II, p. 146) mißverständlich: *Only that can strictly by called a metamorphosis when the parts really spring out of developed leaves and not simply in place of them.*

**) Linné. *Systema naturae.* (Ed. XII) II, p. 8.

***) *Linnaea.* VII, p. 403.

festation, so zu sagen bei seiner Seelenwanderung, seiner Incarnation durchmacht: nämlich von der Unform des Keimblatts an

       eine 1. Ausdehnung als Laubblatt,   eine 1. Zusammenziehung als Kelchblatt,
       - 2.   -   - Kronenblatt, - 2.   -   - Staubblatt,
       - 3.   -   - Fruchtblatt, - 3.   -   - Samenhülle.

Es würde Göthe zur wahren Freude gereichen, wenn er sähe, wie diese durch einfache Naturbetrachtung gewonnene Regel, dafs in sechsfachem Schritt, gleichsam in dreimal vor- und dreimal rückwärts führendem Reigen, die Pflanze ihr Dasein erfüllt, — wie diese morphologische Regel — denn ein Gesetz ist sie nicht — von dem Nestor der heutigen Pflanzenmorphologie auf's Herzlichste willkommen geheifsen *), wie von ihm jene Thatsache unter der Bezeichnung der Schwingungen der Metamorphose, ihres tactmäfsigen Wogenganges weiter verfolgt wird. Viel weniger würde sich Göthe an der sechs Jahre nach seinem Tode von Auguste de St. Hilaire der Pariser Akademie bei Gelegenheit eines Referats über die Martins'sche Uebersetzung seiner naturgeschichtlichen Werke gegebenen Kritik erfreut haben, wo gerade in diesem Punkte der Pariser Akademiker mit dem Petersburger zusammengeht, indem er mehr Wahrheit findet in Wolff's *„appaucrissement successif"* der Blattorgane, als in Göthe's Oscilliren von Schwäche und Energie in den Blüthen- (vielmehr überhaupt in den Blatt-) Organen **). Göthe selbst übrigens ist im Irrthum, wenn er (Zur Morphologie I p. 88) behauptet, dafs Wolff übersehen habe, wie „dieses Zusammenziehen mit einer Ausdehnung abwechsele". Wolff erkennt gerade darin ein unterscheidendes Merkmal des Kronen- gegen das Kelchblatt, dafs es „besonders oberwärts sich in einen breiten, aus zelliger Substanz gebildeten Theil ausbreitet" (vgl. W. §. 116 und §. 121 Schol. 1); aber, indem er (wie es auch heutzutage dogmatisch oft noch geschieht) das Laubblatt als typisches Blatt betrachtet, mufs er allerdings die Blattorgane der Blüthe consequent als Verkümmerungen ansehen.

      Eben diese Lehre von der dreimal wechselnden Ausdehnung und Zusammenziehung führt uns nun von der Analyse der Göthe'schen Theorie zu deren Kritik. An jene nämlich hauptsächlich knüpft Wigand an, um zu zeigen, wie bei Göthe „die von einem wunderbaren Naturtact geleitete Empirie" durch eine leidige „Speculation" getrübt sei. Damit ist eigentlich der Charakter Göthe's als eines vom klar erkannten Einzelnen synthetisch zum Allgemeinen fortschreitenden Geistes, wie er in der Geschichte der deutschen Geistesbildung dasteht, nicht wenig gefährdet. Wigand behauptet (a. O. p. 46), Göthe habe zu Gunsten seiner speculativen Idee die bei einer Anzahl von Pflanzen gefundene Thatsache jener Oscillation zunächst über das gesamte Pflanzenreich als gesetzmäfsig vorkommend erweitert, sodann aber für das lediglich als Zustand beobachtete eine Wirkung substituirt, so dafs ihm aus Ausdehnung und Zusammenziehung, die doch nichts als Erscheinungen seien, unter der Hand Kräfte würden. Leider fügt Wigand nicht Citate hinzu, die solchen Vorwurf rechtfertigen könnten. Wohl hätte er z. B. die Stelle in §. 69 anziehen können, wo es heifst, „dafs die Staubgefäfse durch eine Zusammenziehung hervorgebracht werden", aber wie wenig hiermit die Zusammenziehung als die wirkende Naturkraft bezeichnet sein soll, geht aus dem „Rückblick" auf die soeben vollendete Darstellung der Metamorphose in §. 84 hervor, wo Göthe sich ausdrücklich dagegen verwahrt, „die ersten Triebfedern der Naturwirkungen" haben entdecken zu wollen, „auf Aeufserung der Kräfte, durch welche die Pflanze ein und eben dasselbe Organ nach und nach ausbildet", habe er allein seine Aufmerksamkeit gerichtet. Wie er für die Erklärung der allerdings nicht gesetz-, sondern nur regelmäfsig vorkommenden Oscillation einmal gerade am Beispiel der Staubgefäfse den „ersten Triebfedern" wenigstens um einen Schritt über die Thatsachen hinaus näher zu kommen versucht wurde, werden wir zwar weiterhin noch sehen, aber die Verwechslung der Thatsache der Ausdehnung und Zusammenziehung mit ihrer Ursache liegt auch hier nicht vor. Göthe will nur sagen: der Blatttypus ist beim Kelch und bei den Staubgefäfsen weniger zu einer ausgedehnten, ausgebreiteten Form gelangt als vorher bei Laub- resp. Kronenblättern;

---

*) A. Braun. l. c. p. 65.
**) *Comptes rendus.* VII, p. 439.

und indem er sich wieder das Blattorgan wie ein von Knoten zu Knoten andere Gestalten annehmendes Etwas, gleichsam wie einen „die geistige Leiter" emporschwebenden Genius denkt, schreibt er natürlich diesem vorher ausgebreiteter gestalteten Etwas jetzt eine Zusammenziehung zu, sagt, es bilde sich durch eine Zusammenziehung, weil sich eben bei seiner lebendigen Anschauung und seiner bisweilen mehr epischen als naturgeschichtlichen Darstellung der Vergleich des seienden Vielen in eine historische Schilderung des immer anders werdenden Einen verwandelt. — Noch weniger würde es Wigand glücken uns zu beweisen, daſs bei Göthe „Centralstellung, Annäherung, Anastomose nicht mehr bloſse Erscheinungen, sondern dem Wesen der Pflanze innewohnende Kräfte bezeichnen, deren Resultate eben jene sichtbaren Erscheinungen darstellen." In der Recapitulation des Ganzen (§. 118) heiſsen „Annäherung, Centralstellung, Anastomose" ausdrücklich Erscheinungen *).

Um Göthe's wahre Verdienste und Göthe's Fehlgriffe in seinem „Versuch" gerecht zu würdigen, hat man bisher namentlich eine Quelle gänzlich unbeachtet gelassen. Wir erinnern dabei an zwei Aussprüche Göthe's, an eine allgemeine Forderung, die er (Zur Morphologie. II p. 104) in die Worte faſst: „Nichts ist nöthiger, als daſs man lerne eigenes Thun und Vollbringen an das anzuschlieſsen, was Andere gethan und vollbracht haben: das Productive mit dem Historischen zu verbinden" — und an ein Selbstgeständnifs (ebenda p. 117): „Von jeher zählte ich unter die glücklichen Ereignisse meines Lebens, wenn ein bedeutendes Werk gerade zu der Zeit mir in die Hand kam, wo es mit meinem gegenwärtigen Bestreben übereinstimmte, mich in meinem Thun bestärkte und also auch förderte. Oft fanden sich dergleichen aus höherem Alterthume; gleichzeitige jedoch waren die wirksamsten, denn das Allernächste bleibt doch immer das Lebendigste." Nun hatte damals der als Moosforscher noch heute berühmte Professor Joh. Hedwig in Leipzig seine besonders den Kryptogamen zugewendeten Forschungen über die Geschlechter der Pflanzen in einem schon 1781 erschienenen Aufsatz auch den Phanerogamen gewidmet. Göthe kannte diesen Aufsatz, wie er im „Leipziger Magazin zur Naturkunde, Mathematik und Oekonomie" im 3. Stück (pp. 297—319) abgedruckt steht, und citirt ihn auch ehrlich zu seinem §. 27, wodurch er nicht sich, sondern dem fleiſsigen Hedwig die Priorität der Einsicht, mindestens der ausgesprochenen, vindicirt, daſs die in der Linné'schen Prolepsis eine so wichtige Rolle spielende Lehre von der Natur des Marks im Pflanzenstengel als eigentlichen Beherrschers des vegetabilischen Lebens nur auf einer spielenden Analogie mit dem Rückenmark der Wirbelthiere beruhte. So deckt uns Göthe selbst für eins seiner Hauptverdienste eine interessante Quelle auf, obgleich sein §. 111 beweist, wie er auch seine eigenen Gedanken gehabt hat gegen die Abstammungstheorie der vier Blüthenblattkreise aus den durch ihre ebenfalls concentrische Lage die einzige, aber trügerische, Stütze für jene Theorie bietenden Cylindern der Rinde, des Bastes, Holzes und Markes. Göthe sah mit vollem Rechte hierin eine bloſse Fiction; hätte sie doch sogar zu der Folgerung berechtigt, daſs die Blätter eines Baumes, der seine Knospen nicht verfrüht, sondern nach normaler Zeitfolge entwickelte, einmal Blätter aus Bast, ein ander Mal gar aus Holz u. s. w. erhielte, so daſs man fast ein wissenschaftliches Zerrbild des allerliebsten Mährchens vom Bäumchen, das andere Blätter hat gewollt, vor sich zu sehen glaubt.

Derselbe Hedwig'sche Aufsatz scheint indessen für zwei entschiedene Irrthümer Göthe's die Quelle, oder doch eine wesentliche Bestärkung gewesen zu sein. Hedwig schloſs seine Darstellungen an das Beispiel der Herbstzeitlose an. Die Blüthe, die in Wahrheit der gröſste Riese unter den deutschen Blumen ist, wiewohl sie nur als Zwerg über den Boden hervorragt, war in der soliden Weise unserer alten Pflanzenabbildungen ganz untadlich in Kupfer gestochen und naturgetreu colorirt. Fig. 8 zeigte in 25maliger Vergröſserung ganz gut eine Narbenspitze mit Pollenkörnchen in den von Hedwig auch richtig in ihrer Function gedeuteten Sammelhärchen, p. 318 brachte aber neben der Versicherung,

---

*) Die Annäherung der Keimblätter bei Di- und Polykotylen wird zwar einmal (§. 33) „Andeutung derjenigen Kraft" genannt, „wodurch im höheren Alter der Blüthen- und Fruchtstand gewirkt werden soll"; aber die Annäherung selbst ist doch nicht als Kraft, sondern nur als deren Andeutung, als eine Offenbarung ihrer Wirkung, als ein Mittel bezeichnet, durch welches der Bildungstrieb überhaupt Blattquirle hervorbringt. Allerdings würde es in der negativen Form ausgedrückt rationeller erscheinen: die Wirtelstellung der Keim- und Blüthenblätter resultirt, indem die betreffenden Blattorgane nicht von einander entfernt werden, sondern in ihrer ursprünglichen Nahestellung verharren.

dafs „zum Austrieb der Befruchtungskraft" Feuchtigkeit nöthig sei, die andere: dafs jedes Pollenkörnchen durch die Feuchtigkeit der Narbenspitze „zur Erfüllung seines Daseins" angetrieben werde, dafs dagegen im Inneren des Griffels sich nie ein Pollenkörnchen finde. Die bei *Colchicum* zur Erreichung der Eichen des Fruchtknotens so überaus gedehnten Fadenverlängerungen der Pollenzellen zu Pollenschläuchen waren also im Griffel übersehen, und so bildete sich naturgemäfs der Glaube von einer Uebertragung der „Befruchtungskraft" aus den Pollenkörnern durch die Wände des Stempels in die Eichen. Dieser Meinung*) pflichtet Göthe in seinem §. 64 bei, indem er noch hinzusetzt, dafs sie um so wahrscheinlicher werde, „da einige Pflanzen keinen Samenstaub, vielmehr nur eine blofse Feuchtigkeit absondern." Vermuthungsweise schreibt er nicht nur dem Honigsaft der Nectarien eine seltsame Bedeutung für die Befruchtung zu (§. 65), sondern vermuthet sogar befruchtende Pollenflüssigkeit nur „noch nicht genugsam abgesondert" in den Kronenblättern, die davon Farbe und Geruch hätten (§. 45). Vor Allem beruht aber auf jenem Irrthum seine Bezeichnung der Befruchtung als einer Anastomose (§. 63), durch welche Staubblatt und Stempel, die einander „entgegen gewachsen", sich finden und zur Erzeugung neuen Lebens sich gatten, wie sich die Adern im Blatt gleichsam einander aufsuchen und mit den Spitzen endlich zusammenlaufen. Da dies letztere der eigentliche Begriff der Anastomose ist, so gibt Göthe jener Beziehung der Befruchtungsorgane, in der das Staubgefäfs wie mit Sehnsucht nach der Narbe hindrängt und ihr den Pollen endlich überliefert, den seltsamen Namen einer geistigen Anastomose. Man denkt der Worte in der dichterischen Darstellung der Metamorphose:

Die zärtesten Formen,
Zwiefach streben sie vor, sich zu vereinen bestimmt.

Aber versäumen wollen wir doch nicht, hierbei den künstlerisch naiven und den wissenschaftlich reflectirenden Entdecker der Pflanzen-Metamorphose sich auf demselben Wege begegnen zu sehen: Wolff wie Göthe suchen im gleichen Streben, das Leben der Gewächse als einheitlichen Wachsthumsfortschritt zu erklären, den Begriff der Zeugung dem des Wachsthums unterzuordnen. Göthe beruhigt sich durch eine symbolisirende Ahnung, beide Begriffe „wenigstens einen Augenblick einander näher gerückt zu haben", Wolff geht dagegen der Sache herzhaft auf den Grund: ihm ist es ausgemachte Wahrheit, zu der er sich auf's Entschiedenste bekennt, dafs die Samenknospen oder Eichen unmittelbar mit dem Pollen in Berührung kommen (§. 151), und — sein logisches Rüstzeug immer parat haltend — schliefst er von gleicher Wirkung (Bildung junger Blättchen im werdenden Samen wie im gewöhnlichen Vegetationsgange) auf gleiche Ursache d. h. auf ernährende Qualität der Pollenkörner (245). Da Wolff hierbei der Thatsache vollkommen Rechnung trägt, dafs die Wiedererweckung eines Wachsthumsvorgangs im Eichen von dem gewöhnlichen Nahrungssafte nie erzielt wird, sondern eben nur vom Einflufs des Pollens, da er diesen Einflufs als einen in ganz besonderer Weise ernährenden, durch Antritt von aufsen Leben erweckenden bezeichnet (250) — so gebührt ihm der Ruhm, bereits 1759 klar ausgesprochen zu haben, was erst die neuste Wissenschaft durch unvergefsliche Einzelforschungen erhärtet hat.

Noch störender indessen greift ein anderer Irrthum in Göthe's herrliches Epos vom Werden der Pflanze ein. Hedwig hatte in seiner Abhandlung von Versuchen berichtet, nach denen nur die Spiralgefäfse in Pflanzentheilen, die man in Farbsolutionen stelle, den Farbstoff aufsickern liefsen, weshalb man zugeben müsse, „dafs von ihnen alle an der Pflanze vorkommende Hauptteile besorgt werden und herkommen"; auch hätten schon Malpighi und Grew gesehen, „dafs die Spiralröhren auch durch die Staubfäden bis in ihre Beutel kamen" (a. O. p. 308). Die Figur 6ᵃ zeigte denn auch zwei solche allmächtige Spiralgefäfse, die ihr Spiralband noch dazu sehr deutlich auswendig trugen. Wie ein Echo hiervon klingt der heutzutage völlig sinnlos erscheinende, eben nur historisch zu deutende Satz in Göthes §. 60: die Geschlechtsorgane der Pflanzen entstünden wie „die übrigen Theile" durch die Spiralgefäfse, was „durch mikroskopische Beobachtungen aufser allen Zweifel gesetzt"

<hr>

*) Natürlich soll hiermit nicht behauptet werden, dafs Hedwig der Begründer dieser Meinung gewesen sei: er hat sie nur mit der sonst so treu bewährten Schärfe seiner mikroskopischen Untersuchung des Vorgangs bei *Colchicum autumnale* gerade zu einer der Conception von Göthe's Idee nicht zu fern liegenden Zeit aufs Neue bekräftigt. Dafs das Stigma *Lympha genitalis* ausschwitze, war ja schon die alte Lehre (vergl. Linné. *Systema Naturae.* Ed. XII, Tom. II, p. 9).

sei. Die Zusammengezogenheit der Staubgefäße erklärt sich nun durch die ihrer Spiralgefäße „die uns wirklich als elastische Federn erscheinen" (§. 61), und weil sie den sie umlagernden „Saftgefäßen" des Gefäßbündels keine Ausdehnung gestatten (tyrannisch genug auch keine seitliche Verzweigung!), können die dermaßen eingeschränkten Gefäßbündel nicht in Netzform anastomosiren — und so wird es an dieser Stelle (§. 62) allerdings einmal zu erklären gesucht, warum Staubgefäße nicht wie andere Blüthenorgane blattähnlich ausgedehnt sind; die Erklärung geht jedoch auch hier nicht auf eine Zusammenziehung im Allgemeinen als auf eine wirkende Kraft hinaus, sondern folgert nur die Contraction des Organs aus der seiner Gefäße. Die unglückliche Lehre von der Filtration des Nahrungssaftes durch die Gefäße, die das um so besser bewirken sollen, je mehr sie contrahirt sind (§. 39), wird sogar zur Erklärung der höheren Feinheit der Krone im Vergleich zum Kelch benutzt: sei dieser schon durch verfeinerte Säfte hervorgebracht, so filtrire er mit seinen eng zusammengezogenen Gefäßen den Saft noch mehr, so daß „durch den Einfluß reinerer Säfte" das feinere Gebilde der Krone entstehe (§. 41). Was hier ziemlich unverholen von der Krone gesagt wird, daß sie als innerer Kreis aus dem Kelch, als dem äußeren Kreise, gebildet werde, das könnte man aus §. 4 sogar auf die Entstehung der sämtlichen Blüthenblattkreise aus dem jedesmal äußeren ausdehnen, wenn hier nicht die Zufügung der Laubblätter und der Ausdruck, all diese Blattorgane entwickelten sich gleichsam aus einander, deutlich zeigte, daß wir es an dieser Stelle nur mit der besprochenen Anschauung Göthe's vom Hindurchwandeln des Blatttypus durch die mannigfaltigen Formen seiner Ausprägung zu thun haben *).

Als Hauptschwäche der Göthe'schen Metamorphosenlehre müssen wir nun aber den mangelhaften Beweis für seine eben bloß von glücklichem Naturtact geleitete Anschauung von der Identität der Blattorgane betrachten. Es bringt einen unangenehmen Mißklang in Göthe's eigene Beurtheilung seiner Leistung im Vergleich mit der seines großen Vorgängers Wolff, wenn er diesem zwar die schärfste Kritik aller „außersinnlichen Einbildungen" der Früheren durch die so klare Sinnlichkeit seines bewaffneten Auges nachrühmt, aber etwas süffisant hinzusetzt: es sei ein Unterschied zwischen Sehen und Sehen, die Geistes-Augen müßten stets im Bunde sein mit denen des Leibes. Wahrlich unser Caspar Friedrich Wolff hat es daran nicht fehlen lassen, wie Göthe durch ein genaueres Studium der berühmten Inauguralschrift über die Generation hätte ersehen können. Aber gerade weil Wolff ein echter Naturforscher im modernen Sinne des Worts war, gingen seine Schlüsse nicht weiter, als er seinen Beobachtungen trauen zu dürfen glaubte. Nicht der Ausspruch der Identität aller Blattorgane in seinen späteren Schriften, sondern der 1759 mikroskopisch geführte Beweis der gleichartigen Bildung sämtlicher Blüthengebilde nach Art eines Laubblatts vom Uranfang des sich emporhebenden Wärzchens an — dies ist das bleibende Verdienst des Berliner Physiologen, dessen methodischer Verfolg der Entwicklungsgeschichte sämtlicher Hauptorgane der Pflanze eine bessere Stellung in der Geschichte der Metamorphosenlehre beanspruchen darf, als ihr Wigand gegeben hat, der Wolff's Methoden sogar unter die von Göthe stellt (a. O. p. 49). Und was für Methoden leiteten Göthe zur Auffindung der Wahrheit? Außer der ihm von Natur eigenen gesunden Anschauung der Dinge, die sich hier besonders im feinen Verfolgen der Bildungsübergänge verrieth, waren nur die Analogie und die Beobachtung der Abweichungen vom Normalzustande seine Führer. Daraus aber, daß in der gefüllten Blume an derselben Stelle Blumenblätter sich zeigen, wo bei der ungefüllten Blume Staubgefäße stehen, wird Niemand die Nothwendigkeit des Schlusses auf Verwandtschaft von beiden einsehen, und krankhafte Zwitterbildungen zwischen Blumen- und Staubblatt beweisen nichts für den normalen Gang der Natur. Auf lockere

---

*) Der Jenaische Professor Batsch, der auf Göthe's botanische Studien einen bedeutenden Einfluß ausgeübt hat, auf dessen 1789 erschienene „Anleitung zur Kenntniß und Geschichte der Pflanzen" Göthe ausdrücklich verweist, hat in seinem mir noch immer durch die bescheiden gründliche Darstellung sehr schätzenswerthen, aber wie es scheint fast ganz vergessenen Buche „Botanik für Frauenzimmer und Pflanzenliebhaber, welche keine Gelehrten sind" 1798 eine ganz zutreffende Darlegung der Pflanzenmetamorphose im Göthe'schen Sinne mit feiner Vermeidung mancher Schwächen derselben gegeben, also 10 Jahre vor F. S. Voigt, dem Schleiden (Gesch. der Botanik in Jena. Leipzig 1859) ebenmals den Ruhm beigelegt hat, „die Metamorphose zuerst in der wissenschaftlichen Botanik verwerthet zu haben". Auf Seite 63 führt nun Batsch, ganz als wenn er Göthe's §. 4 dabei im Auge gehabt, aus: das Herauswachsen der Blüthentheile aus einander (nachmals noch so oft behauptet!) sei ein bloßer Schein.

Analogieschlüsse hin waren ja die Linnäaner bisweilen schon zu zufälliger Weise ähnlichen, eben nur wegen Impotenz des Beweises werthlosen Anschauungen gelangt, wie Einer von ihnen z. B. einmal aus der Möglichkeit der Vergrünung der Kronenblätter auf ihre Blattnatur schloſs mit dem originellen Zusatz: denn die Leber könne doch nicht Herz und das Herz nicht Magen werden*). — Die Verwechslung der Fruchthülle mit der Samenhülle bei den Flügelfrüchten des Ahorns, der Rüster, der Esche und Birke (§. 83) darf man Göthe's unbewaffnetem Auge verzeihen, ebenso die oben aufgezählten Irrthümer seiner ungenügenden Kenntniſs mehr fachwissenschaftlicher Gegenstände zu gute halten, aber die Vernachlässigung der Entwicklungsgeschichte des einzelnen Organs bis zu dem Grade, daſs er in Capitel IX und X von Griffeln und von Früchten wie von disparaten Dingen redet, erst die Blattnatur des einen, dann die des andern zu erweisen sucht, ohne die Zusammengehörigkeit der Frucht in ihrer Anlage, dem Fruchtknoten („Fruchtknospe"), und des Griffels zu erkennen, ist unverzeihlich. Darum pflichten wir Schleiden's Ansicht ganz entschieden bei: es ist ein Unglück, es ist mindestens eine Verzögerung für den Fortschritt der botanischen Wissenschaft gewesen, daſs man nicht von Wolff, ihrem wissenschaftlichen Begründer, sondern von Göthe die Lehre von der Metamorphose überkam; nur darin können wir dem als Friesianer gegen alle Identitätsphilosophie eingenommenen Schleiden nicht zustimmen, daſs er (Grundzüge II p. 237) die Göthe'sche Lehre von der Contraction und Expansion eine bloſse „spielende Vergleichung" nennt und sie noch dazu „aus Schelling'schen Lehren" ableitet, was wohl kaum ernsthaft gemeint ist, da Schelling gerade damals 15jährig die Tübinger Universität bezog, als Göthe's „Versuch" im Druck erschien. Soll es hingegen, was bei Schleiden wahrscheinlicher ist, ein Hieb auf Göthe's Neigung zur Identitätsphilosophie sein, so trifft der Hieb schlecht: die Schwächen liegen nicht in Göthe's Idee, sondern in deren nicht immer glücklich versuchter wissenschaftlichen Begründung; seine Idee von der Metamorphose (als deren integrirenden Theil wir jene Lehre betrachten müssen) ist aber gerade ein glänzender Beweis, was Göthe's Tiefblick, indem er das dualistische Trennen in das Ich und Nicht-Ich instinctiv haſste **), zu erschauen vermochte. Göthe's Bescheidenheit, wie sie sich im Titel seines Werks und an dessen Schluſs in dem Ausdruck des Bewuſstseins seiner Pflicht zu erweiterter Forschung ausspricht, versöhnt mit allen den kleinen Mängeln einer Leistung, die ihrer Zeit so weit vorauseilte, daſs sie anfangs Keiner in ihrem wahren Werth begriff, daſs Göthe erst als Greis Anerkennung für sein rüstiges Schaffen im Mannesalter fand, daher aber auch dann „das groſse Glück" empfand, das, wie er einmal sagt, darin liegt, „wenn man bei zunehmenden Jahren sich über den Wechsel der Zeitgesinnung nicht zu beklagen hat."

Wenn wir jetzt, wo sich gerade ein Jahrhundert vollendet hat, seitdem der verdienstvolle Wolff der deutschen Heimath entzogen wurde, jetzt, wo gerade die Monate nahen, in denen vor hundert Jahren der wackere Forscher zum ersten Mal fühlte, was es heiſst den deutschen Frühling entbehren zu müssen, wenn wir da das Gedächtniſs an seine groſsen Entdeckungen auf dem Gebiete der wissenschaftlichen Pflanzenkunde erneuern wollen, so dürfen wir gewiſs daneben Göthe's nicht vergessen, der auf einem anderen Wege zur Enthüllung desselben Geheimnisses der Pflanzenbildung vordrang, wohl mehr divinatorisch, aber gewiſs nicht ohne redlichen Fleiſs, der mit der einen Hand dies schöne Haus baute, in dem sich die seinem kühnen Geistesfluge nur langsam folgende Wissenschaft der Neuzeit wohnlich einrichtete, und mit der andern jenes die ältere Wissenschaft einzwängende trügerische Kunstgebäude Linné'scher Blüthendeutung niederriſs, dessen Trümmer allein schon ihm einen groſsen Namen in der Geschichte der Wissenschaft stiften würden. Wie schön paſst auf seine Erforschung der Metamorphose der Pflanzen die von treffender Selbsterkenntniſs zeugende Stelle aus seinem Werk „Zur Morphologie", wo er (II. p. 95 f.) sagt: „Eine Region nach der andern des gränzenlosen Naturreiches, in welchem ich Zeit meines Lebens mehr im Glauben und Ahnen als im Schauen und Wissen mich bewege, klärt sich auf und ich erblicke,

---

*) Linné. *Amoenit. acad.* VI, p. 339.

**) Zur Morphologie, I, p. 104 f. und p. 94. Wohl nennt Göthe Schelling und Hegel unter den Wenigen, denen er wegen ihres philosophischen Einflusses „schuldig geworden", aber ausdrücklich spricht er dabei von der Zeit nach 1790 (ib. p. 190). Wie sticht übrigens diese edle Pietät des gewiegten Denkers gegen die so viel Jüngeren ab von der souveränen Verachtung, mit der denselben Männern heute wo möglich schon der angehende Student lohnt! —

was ich im Allgemeinen gedacht und gehofft, nunmehr im Einzelnen und gar manches über Denken und Hoffen. Hierin finde ich nun die größte Belohnung eines treuen Wirkens, und mich erheitert es gar öfters, wenn ich hie und da erinnert werde an Einzelnheiten, die ich wie im Fluge wegfing und sie niederlegte in Hoffnung, daß sie sich einmal irgendwo lebendig anschliefsen würden." Ist nicht bereits der gegenwärtige Zustand*) unserer Wissenschaft ein solcher, daß man der Göthe'schen Lehre, als vollständig naturwahr befunden, die Worte widmen darf, die Schiller Columbus' großem Gedanken weihte:

> „Mit dem Genius steht die Natur in ewigem Bunde:
> Was der eine verspricht, hält die and're gewifs!"

*) Lewes meint seltsamer Weise, daß durch die Entdeckung der Zelle — discovery by Schleiden (!) — one profound breach in the Metamorphosis theory bewirkt worden sei. (Life of Göthe II, p. 140). Er glaubt, dafs dadurch das Blatt seine Rolle als „Grundorgan der Pflanze" (so deutet er ähnlich wie Ernst Meyer Göthe's Lehre) eingebüfst habe. Wir können auf diese irrthümlichen Auffassungen nicht näher eingehen, bemerken nur, dafs neben der richtigen Wahrnehmung, wie die Metamorphosenlehre durchaus keine Anwendung auf Thalluspflanzen gestatte, bei Lewes auch noch die sehr eingehende Anerkennung der Wolff'schen Arbeiten in ihrer Priorität zu finden ist. In einer Note zu §. 462 seines neuen Werks über Aristoteles' naturwissenschaftliche Schriften heifst es (p. 364 der Uebersetzung von Carus): „Es giebt wenig Bücher von tieferer Einsicht und ausdauernderer Untersuchung als C. Fr. Wolff's Theorie von der Generation, in zwo Abhandlungen erklärt und bewiesen (Berlin 1764); und ich werde schwerlich die Aufregung vergessen, mit welcher ich durch die Strafsen Berlins stürmte, um mir in einem alten Antiquarladen ein Exemplar davon zu verschaffen. Man kann darin den Ursprung von Göthe's Metamorphose der Pflanzen finden" etc. Wer die schönen Sea-Side Studies von Lewes kennt, wird sich durch diese von naturwissenschaftlicher Einsicht zeugenden Urtheile freilich nicht überrascht fühlen.

Schlussbemerkung
über den Generationswechsel im Pflanzenreich.

So große der Werth der Metamorphosenlehre für die monistische Betrachtung der höheren Gewächse ist, so gibt dieselbe doch natürlich gar keinen Fingerzeig auch jene Gewächse unter einheitlichen Gesichtspunkt zu fassen, die zur Zeit der Begründung dieser Lehre noch am liebsten als „24. Klasse" die Zurücksetzung erfuhren, höchstens ins Schlepptau der Hauptfracht genommen zu werden — und somit bietet allerdings für das Ganze des Pflanzenreichs die Idee der Metamorphose keinen einheitlichen Ueberblick, ja sie kann es ihrem Wesen nach nicht einmal.

In dem neusten Pflanzensystem hat dagegen A. Braun die Idee des Generationswechsels, wie er sie schon früher gelegentlich angedeutet, in bedeutsamer Weise zum Leitstern einer wirklichen Totalübersicht des Pflanzenreichs erhoben. Hierdurch fühle ich mich ermuthigt, in gedrängtester Anmerkungskürze meiner eigenen Ansicht über diesen Gegenstand Ausdruck zu geben, die sich in Folge einer flüchtigen Collegbemerkung meines mir unvergefslichen Lehrers Schleiden unabhängig von A. Braun's Publicationen seit Jahren allmählich entwickelte, indem ich bestreht war meine Schüler über diese tief gehenden Unterschiede pflanzlicher Ausbildung aufzuklären. Leider mufs ich mich hier jeder ausführlichen polemischen Begründung enthalten, gedenke mich daher nur gegen Herrn Prof. Häckel zu wenden, weil seine Auffassung der Sache die neuste ist, und gerade seiner epochemachenden „Generellen Morphologie" (Berlin 1866) jedes für die Consequenz eines grofsen Gedankens nur irgend zu enthusiasmirende Herz entgegenschlagen wird.

Ich erkenne einen entschiedenen Fortschritt botanischer Systematik darin, dafs man aus der Trias des geistvollen Jussieu (1. Akotylen, 2. Monokotylen, 3. Dikotylen) eine Dyas gemacht hat, indem man den einen Theil von 1 nebst 2 und 3 zu einer dem anderen Theil von 1 gleichwerthigen Abtheilung combinirte. Da auf die Benennungen wenig ankommt, so dürfen wir schon Turpin's Eintheilung (Iconogr. des végét. 1820, p. 30) in Axifères und Appendiculaires als einen derartigen Fortschritt begrüfsen: jenes sind ihm wesentlich die Thalluspflanzen (p. 29 nennt er die Masse, welche die Reproductionsorgane trägt, selbst nicht Axe sondern allgemein „Zellenmasse"), dieses die in Blatt- und Axenorgane Differenzirten, kurz die Axen-Blatt-Pflanzen. Für die morphologische Betrachtung kann es keinen gröfseren Gegensatz geben als den zwischen der schleimigen Conferve im Bach und den formenreichen Stengelgewächsen am Bachrande, wogegen der Unterschied zwischen einem Gras und einem Schachtelhalm gewifs nicht als gleich berechtigt ankommt. Biologisch aber ist der Unterschied in das einfache Gesetz zu fassen: Die Thalluspflanze hat höchstens zwei Generationsstufen, die Axen-Blatt-

Pflanze stets drei. Das jedoch, was selbst diesen Gegensatz versöhnt, ist nicht blofs das durchaus gemeinsame Elementarorgan, die Zelle, sondern auch das Entstehen jeder Pflanze aus einer Urzelle und das Emporsteigen durch die vegetative Periode zu der reproducirenden, in welcher einem neuen Lebenskreis derselben Art die Urzelle gebildet wird.

Die Axen-Blatt-Pflanzen (Moose, Farne, Phanerogamen) beschreiben nun von der eigenen Urzelle bis zur Production einer neuen Urzelle ihren Lebenscyclus in drei Stufen, die morpho- wie physiologisch contrastiren und an Insecten-Metamorphose erinnern könnten, wenn das Gebilde der höheren Stufe nicht epigenetisch aus dem der jedesmal niedrigeren hervorginge. So entstehen successiv die drei in jenen Entwicklungscyclus beschlossenen „physiologischen Individuen“ oder „Bionten“ (Häckel) als Keim, Laubpflanze und Sporenfrucht, unter letzterem Organ den Erzeuger der losen, durch Viertheilung einer Mutterzelle meist als tetraederartige Viertelsegmente einer Kugel gebildeten Fortpflanzungszellen verstanden. Das biologische Gesetz über die Entstehungsweise dieser „Bionten“ ist nun dieses: Je höher die Pflanzenabtheilung überhaupt organisirt ist, desto früher findet die geschlechtliche Zeugung Statt, d. h. ein desto jüngeres Bion entsteht durch Befruchtung, während die zwei anderen durch „ungeschlechtliche Zeugung“ (Häckel), wir wollen sagen durch Knospung (Ammenerzeugung der Zoologen) entsteht. Nur die phanerogamischen Axen-Blatt-Pflanzen (und vielleicht die Thalluspflanzen, wenigstens die Algen) bereiten, wie Göthe sagte, die „Werke der Liebe“ als Krone ihres eignen Daseins zur Schöpfung eines neuen; bei den Uebrigen ist die Begattung gleichsam ein physiologischer Egoismus. Folgendes Schema soll den auffallenden biologischen Unterschied der drei Abtheilungen übersichtlich darstellen:

Es entsteht	der Keim:	die Laubpflanze:	die Sporenfrucht:
bei den Moosen:	durch Knospung	durch Knospung	durch Zeugung,
- - Farnen:	durch Knospung	durch Zeugung	durch Knospung,
- - Phanerogamen:	durch Zeugung	durch Knospung	durch Knospung.

Somit ist es also von dem sonst so scharfsinnigen Häckel doch wohl übel gethan, wenn er (II, p. 90) den Generationswechsel nur „sehr allgemein“ bei den Gefäfskryptogamen (incl. Moosen) annimmt, ihn aber den „meisten Phanerogamen“ abstreitet. Vielmehr hat entweder keine Axen-Blatt-Pflanze die echt „metagenetische“ Entwicklung, oder eine jede ohne Ausnahme. Aus den durch unser Schema dargestellten Verhältnissen ergibt sich nun aber für die Vertheilung und Deutung der wichtigsten Organe nothwendig Folgendes. Bei den Moosen müssen die männlichen und weiblichen Zeugungsorgane (Antheridien und Archegonien), da sie das 3. Bion erzeugen, auf dem 2., bei den Farnen (incl. Equisetaceen und Lycopodioideen) zur Erzeugung des 2. auf dem 1. stehen, und bei den Phanerogamen müssen sie sogar zur Erzeugung des 1. Bions dem Schlusse des vorhergehenden Lebenscyclus angehören.

Da nun bei den Phanerogamen die durch Befruchtung entstandene Zelle die erste Zelle der ganzen Pflanze ist, so ist das Archegonium nothwendig zugleich Behältnifs der Urzelle, die man bei den Kryptogamen Spore nennt, d. h. es ist Sporenfrucht: das Eichen, in dem wir nicht mit Häckel das Analogon des Eierstocks, sondern des Eies der Thiere erkennen, ist folglich physiologisch (seiner Function nach) das Analogon*) des Archegoniums, morphologisch (seinem Inhalte nach) das Homologon der Sporenfrucht. Während so das Archegonium zugleich die Stelle der Sporenfrucht einnimmt, oder (was vielleicht richtiger gesagt ist) die Sporenfrucht, ihre gewöhnliche Form ablegend, die Rolle des Archegoniums mit übernimmt, verbleibt dem Antheridium eine constante Function der Befruchtung, es nimmt jedoch als Staubblatt völlig die gestaltliche Natur der Sporenfrucht an, was besonders für die Pollenzelle gilt, die ihrer Form und Entstehungsart nach das unbezweifelte Homologon der Spore ist, denn die äufsere Form des Staubblatts ist bekanntlich, wie die der Sporenfrucht, höchst wechselnd (vergl. jedoch Staubblatt von *Thuia* und Sporenfrucht von *Equisetum*).

Ich bin durchaus der Meinung, dafs man entweder jede Aufstellung von Homo- und Analogieen zwischen Phanero- und Kryptogamen, damit aber auch das die Botanik zu einer Wissenschaft machende Streben nach Monismus bei einer der wichtigsten Betrachtungen aufgeben mufs — oder es in der soeben ausgeführten Weise thun mufs. Liefse man sich durch blofse Formverhältnisse bestimmen, so würde man ohne Weiteres die Pollenzellen phanerogame Sporen nennen, aber man würde damit Confusion anrichten, da die Pollenzellen doch eben keine Sporen d. h. Aussaatzellen sind, sondern auf jeder Bodenart, statt zu keimen, umkommen. Wollte man andrerseits die durch Befruchtung entstandene erste Zelle des Keims im Embryosack Analogon der Spore nennen, so kämen die Phanerogamen zu einer nicht wegzuleugnenden Verwandtschaft mit den Algen, deren erste Zelle (Spore) wirklich durch Befruchtung gebildet wird, entfernten sich aber weit aus der Verwandtschaft mit den ihnen so nahe stehenden Gefäfskryptogamen, deren Sporen nie durch Befruchtung erzeugt werden.

Dafür, dafs das dargelegte Verhältnifs von Homo- und Analogieen kein subjectives Spiel ist, bürgt mir die volle Uebereinstimmung der Selaginelloideen und Hydropteriden, die als Mittelgruppen zwischen Krypto- und Phanerogamen allein die objectiv zuverlässigen Führer in diesen so vielfach mifsdeuteten Verhältnissen sein können. Bei ihnen nehmen die befruchtenden Schwärmfadenzellen der Antheridien als „Mikrosporen“ bereits die Gestalt von wirklichen Sporen an, deren Entstehungsgeschichte sie völlig theilen, ja bei *Salvinia natans* tritt bereits die Erscheinung der Schlauchbildung auf, mit denen diese Mikrosporen ebenso die Hülle des Mikrosporangiums durchbrechen, wie die Pollenzellen der Asclepiadeen die ihre vereinigte Masse umgebende Haut; man könnte hier die Mikrosporen wirklich mit Schleiden bereits Pollenzellen nennen, wenn in den Schlauchspitzen nicht erst die eigentlich befruchtenden Zellen entständen, die jenes für die Kryptogamen vielleicht bezeichnendste Gebilde, den flink beweglichen Spiralfaden, bergen. Die Makrosporen bilden sich zwar z. B. bei *Selaginella* noch gestaltlich als echte Sporen, als Tetraden in der Mutterzelle, aus, bei *Salvinia* jedoch sind sie gestaltlich bereits, wie sie Schleiden ganz passend nannte, Embryosäcke, nur dafs sich der Embryo (Vorkeim) noch ohne Befruchtung aus ihrem

*) Diese Ausdrücke verdeutlichen sich am besten durch Häckel's Beispiel (I, p. 314 Anm.): für die Lungen des Menschen sind die Kiemen des Fisches Analoga, seine Schwimmblase ein Homologon.

Inhalt bildet; natürlich können wir aber eben nur für diese Zelle, deren Inhalt den Keim (Vorkeim) begründet, den Schleiden'schen Namen wie den der Makrospore billigen, da das kleinzellige „Makrosporium" (Pringsheim) und die äufsere grofszellige Sackhülle den Integumenten des Eichens gleichkommen. Endlich ist auch die Bezeichnung aller Arten von Prothallium als Keim durch die genannten zwei Uebergangsgruppen gerechtfertigt; entsteht doch bei *Selaginella* sogar ein das junge Laubpflänzchen ernährendes Eiweifs unter dem Keim. Die Pflanzen mit Mikrosporen schlagen durch all diese Einzelheiten die unverkennbare Brücke zwischen der einen und der andern Hälfte der Axenblattpflanzen: sie sind noch fernartig, denn ihr 2. Bion entsteht durch Befruchtung, aber das active Befruchtungsorgan ist schon in die Sporenfruchtregion der Mutterpflanze gerückt und die eigentliche Spore (Makrospore) ist schon der förmliche Embryosack, so dafs es wie aus irrationaler Gewohnheit herzurühren scheint, dafs noch Archegonien auf dem Keim entstehen und die Befruchtung nicht gleich der Makrospore mitgetheilt wird*).

Das Princip, das zu der Erfassung eines, wie mir scheint, glücklichen Einheitsgedankens führt, ist das in der neueren Zoologie vielbewährte: die Organe nicht blofs vom morphologischen Standpunkte zu beurtheilen, sondern stets darauf gefafst zu sein, dafs morphologisch gleiche Organe physiologisch d. h. functionell sehr verschieden sein können. Ermöglicht aber wurde die Auffindung jener Ana- und Homologieen nur durch die meisterhaften Untersuchungen Hofmeister's, Pringsheim's und des zu früh der Wissenschaft entrissenen Mettenius.

Möchte hiermit mindestens das bewiesen sein, dafs der ewig wieder neu abgedruckte Satz „Phanerogamen pflanzen sich durch Samen, Kryptogamen durch Sporen fort" um kein Haar besser ist, als wenn ein Zoologe sagen wollte: „Das Rind pflanzt sich nicht wie der Seeigel durch Spermatozoen, sondern durch Kälber fort". Mit jenem botanischen Satze kann uns wohl die Geschichte unserer Wissenschaft, aber wahrlich nicht ihr gegenwärtiger Standpunkt unter der Herrschaft der Logik versöhnen.

---

*) Die dargelegten Ansichten finden sich dem morphologischen Theile meiner „Schulbotanik" (Halle 1865) zu Grunde gelegt, jedoch fehlt daselbst die Trennung von Ana- und Homologie.

Berichtigungen.

Auf Seite 9 ist zu bessern:

    Zeile 9 v. o.: unerkennbare (statt unverkennbare).

    - 24 v. u.: ihm (statt ihn).

    - 18 v. u.: Stempel (statt Stengel).

Andere kleine Druckversehen, wie p. 16 Anm. *Labiatarium* für *Labiatarum* u. dgl., wolle der Leser der Eile des Drucks zu gute rechnen.

Gedruckt bei A. W. Schade in Berlin, Stallschreiberstrasse 47.